Rainer Maria Rilke war ein genauer Beobachter der ihn umgebenden Natur, und so entstand eine Fülle von Gedichten vom Werden des Frühlings und dem Reichtum des Sommers, vom Vollenden des Herbstes und der Stille des Winters. In vielen Prosatexten geht er dem Gleichnishaften von Jahres- und Lebenszeit nach, jahreszeitliche Stimmungen finden Eingang in seine Briefe.

Thilo von Pape hat sich in Rilkes Werk umgesehen und reiche Ernte eingefahren, die, nach Jahreszeiten geordnet, nun in vier Büchern präsentiert wird. In keiner Jahreszeit aber ist Rilke so sehr er selbst wie im Herbst; es ist fast so, als ob er, gegen den Rhythmus der Natur, gerade jetzt zu neuem Leben erwachte. Wer den Herbst liebt, mit seinen Farben ebenso wie mit seiner Melancholie, wird sich bei Rilke festlesen: ein Lesefest.

Rainer Maria Rilke, geboren am 4. Dezember 1875 in Prag, ist am 29. Dezember 1926 in Val-Mont (Schweiz) gestorben.

insel taschenbuch 3288

Rainer Maria Rilke

Herbst

Rainer Maria Rilke
Herbst

Ausgewählt von Thilo von Pape

Insel Verlag

Umschlagabbildung: Hans am Ende
Birken am Moorgraben, um 1895

insel taschenbuch 3288
Erste Auflage 2007

Vertrieb durch den Suhrkamp Taschenbuch Verlag
Umschlag nach Entwürfen von Willy Fleckhaus
Satz: Hümmer GmbH, Waldbüttelbrunn
Druck: Druckhaus Nomos, Sinzheim
Printed in Germany
ISBN 978-3-458-34988-4

1 2 3 4 5 6 – 12 11 10 09 08 07

Herbst

Herbst? Warum nicht; es ist ja alles bereit, die Früchte sind groß, und die kleinen Störche sind von den großen nicht mehr zu unterscheiden. Und es gibt da an der Chaussee einen Teil des Parkes, der nicht gefegt wird und nicht geharkt am Sonnabend; dort ist Unkraut, das ganz verbrannt herabhängt, und die halbwüchsigen Kastanien haben viele gelbe Blätter und geben davon eines um eines ab; nicht wenn es stürmt, da nehmen sie sich zusammen und halten, so fest sie können; aber hernach, wenn es so ausholend stille wird, dann streuen sie sich aus, Blatt für Blatt, lauter große, gelbe, verbogene Blätter. Dort gibt es verkommene Disteln mit kleinen violetten, traurigen Köpfen, Disteln, die so, ohne zu überlegen, in die Höhe gewachsen sind, Birken sind dort, die ganz schütter sind, und vielleicht sind sie's den ganzen Sommer gewesen –, aber jetzt sieht es aus, als wären sie mit Absicht und Freude so, und die Wolken ziehn hinter ihnen, und man sieht alles durch sie durch, was in den Himmeln geschieht. Und es geht so ein nachdenklicher, welker Duft umher wie von Blumen, die die Sonne getrocknet und die der Wind gepreßt hat, und es ist Herbst. Und deshalb gehe ich jetzt oft dort auf und nieder und meide den Platz unterm Nußbaum und alle meine sommerlichen Wege; denn ich will den Herbst! Ist es nicht, als wäre er das eigentlich Schaffende, schaffender denn der Frühling, der schon gleich ist, schaffender, wenn er kommt mit seinem Willen zur Verwandlung und das viel zu fertige, viel zu befriedigte, schließlich fast bürgerlich-behagliche Bild des Sommers zerstört? Dieser große herrliche Wind, der Himmel auf Himmel baut; in sein Land möchte ich gehen und auf seinen Wegen. Und vielleicht hast Du ihn auch um Dich in Deinem heimatlichen Garten und siehst am Morgen sein Bildnis in den Bäumen, die er bewegt ...

Briefe I (Clara Rilke, 12. 8. 1904), 95 f.

HERBSTTAG

Herr: es ist Zeit. Der Sommer war sehr groß.
Leg deinen Schatten auf die Sonnenuhren,
und auf den Fluren laß die Winde los.

Befiehl den letzten Früchten voll zu sein;
gib ihnen noch zwei südlichere Tage,
dränge sie zur Vollendung hin und jage
die letzte Süße in den schweren Wein.

Wer jetzt kein Haus hat, baut sich keines mehr.
Wer jetzt allein ist, wird es lange bleiben,
wird wachen, lesen, lange Briefe schreiben
und wird in den Alleen hin und her
unruhig wandern, wenn die Blätter treiben.

Werke I, 398

Im September kommen viele aus den Waldsommern und von der See in die Stadt zurück. Sie sind des Gehens in den Gassen nicht mehr gewohnt und halten plötzlich, ehe sie sich dessen versehen, ihren Hut in der Hand wie im Walde, oder sie singen ganz laut vor sich hin. Das macht: die Erinnerungen schlafen noch nicht in ihnen. Und wenn sie einander begegnen, sind sie redselig und mitteilsam. Sie fühlen, wie aus dem Erzählen etwas, wie der Glanz der letzten lauschenden Tage, aufsteigt und sich tröstend über die schwülen Straßen und Plätze breitet. Und vielleicht sagen sich die beiden beim Abschiednehmen: »Sie sehen sehr gut aus« – und »wie Sie sich verändert haben.« Und sie lächeln sich einen Augenblick verlegen und dankbar an.

Werke IV (Die Geschwister), 211

Heute geht ein großer Herbstwind im Park umher; die Wege sind erfüllt von ihm und von dem was er treibt und trägt, aber in dem Garten voll Astern und Rosen, dem Gärtner-Garten, war es noch warm, Wärme von vielen Sommertagen, und es war noch Aufsteigendes in den Blumenstengeln und in den Stämmen und Ästen der Apfelbäume zwischen denen wir umhergingen bis wir schließlich unvermittelt jeder das Seine zu wissen glaubten.

Heydt (11. 9. 1906), 92

Ich habe nicht viel gethan; ich habe ein wenig dänisch lesen gelernt an Büchern von Jacobsen und Hermann Bang und an den Briefen, die Sören Kierkegaard an seine Verlobte geschrieben hat; diese Briefe zu übersetzen, das war fast meine einzige Arbeit. Dann war ich krank und habe es schwer genommen und bin immer noch nicht ganz gesund. Und möchte nur, daß der große Sturm nicht aufhörte, der so herrlich ist und so herbstlich weit. Mir ist, als hätte ich viel zu viel Sommer gehabt und zu viel Sonne. Alles in mir wartet darauf, daß die Bäume alles abthun und daß hinter ihnen die Ferne sichtbar wird mit ihren leeren Feldern und mit den langen Wegen in den Winter hinein.

Andreas-Salomé (16. 8. 1904), 180

Nun in Freundeshaus in Godesberg; im Park ist es kühl und herbstlich, und bald kommt die Nothwendigkeit zu neuem Entschluß – –.

Vollmoeller (20. 8. 1906), 11

Hier ist das trostloseste Wetter, der Herbst vollzieht sich mit einer Plötzlichkeit, die einen in allen Entschlüssen überholt, sieht man hinaus, so denkt man, man müßte schon dort sein, wo es um einen Winter werden dürfte. Und ich stehe noch immer, wo Sie mich gefunden haben, zwischen allen Für und Wider der nächsten Zukunft.

Vollmoeller (5. 9. 1915), 121

Dienstag abends kamen wir mit der Post (aus Hamburg: Mozart ›Zauberflöte‹, Kunsthalle) wieder in Worpswede an. Schöne stille Sternennacht, festlich und gut zur Heimkehr. Da entschloß ich mich, in Worpswede zu bleiben. Jetzt schon fühle ich wie mit jedem Tage die Einsamkeit wächst, wie dieses Land, verlassen von Farben und Schatten, immer größer wird, immer breiter und immer mehr Hintergrund für bewegte Bäume im Sturm. Ich will in diesem Sturm bleiben und alle Schauer fühlen dieses großen Ergriffenseins. Ich will Herbst haben. Ich will mich mit Winter bedecken und will mit keiner Farbe mich verraten. Ich will einschneien um eines kommenden Frühlings willen, damit, was in mir keimt, nicht zu früh aus den Furchen steige.

Tagebücher (27. 9. 1900), 271 f.

Heute war die Probe von Gerhart Hauptmanns ›Michael Kramer‹. Ich saß mit Lou ganz allein in dem dunklen Zuschauerraum des Deutschen Theaters und wartete. Aufgewühlt, aufgefurcht im Innersten, war ich wie ein offenes Feld, und als die große Gebärde des Säemanns über mich hinwies, da fühlte ich schmerzhaft den Fall des Samenkorns an meinem bloßgelegten Herzen. Ein Tag der Empfängnis war es, schmerzlich und feierlich, der erste von sehr zukünftigen Tagen, die ohne diesen wehen und schönen ersten nicht kommen könnten.

Tagebücher (19. 12. 1900), 351

Draußen tanzen gelbe Blätter. Der Wind heult in meinem Ofen und pfeift den Takt dazu. Ein lustig Lied! Und ich sitze beim Schreibtisch mit heißem Kopf und kalten Füßen. Von Zeit zu Zeit werfe ich einen flüchtigen Blick hinaus in den bunten Blätterkarneval. Mich friert. Bei mir ist Aschermittwochstimmung.

Ja, Aschermittwoch nach den hellen, sonnigen Sommertagen, die, eine ununterbrochene Reihe fröhlicher Feste, an mir vorübergezogen sind. Der Sturm kam, ein eifriger Bußprediger, und riß den bunten Schmuck von den Wänden des Ballsaales ›Natur‹ und zog den Wolkenvorhang vor die Sonnenlampe. Und die Blüten alle legen die farbigen Maskengewänder ab; nur hier und da noch hat eine Georgine den roten Turban auf. Aber die Festfreude ist nun einmal fort. Der Wind haßt dich und ballt eine Staubwolke um dich, so daß es dir über die Stirn rieselt – wie Asche.

Werke V (Böhmische Schlendertage), 293

HERBST-ABEND

Wind aus dem Mond,
plötzlich ergriffene Bäume
und ein tastend fallendes Blatt.

Durch die Zwischenräume
der schwachen Laternen
drängt die schwarze Landschaft der Fernen
in die unentschlossene Stadt.

Werke II, 354 f.

Das Wegemachen ist jetzt weniger schwer als vorige Woche. Was so ein kleiner Mond alles vermag. Da sind die Tage, wo alles um einen ist, licht, leicht, kaum angedeutet in der hellen Luft und doch deutlich; das Nächste schon hat die Töne der Ferne, ist weggenommen und nur *gezeigt*, nicht wie sonst hingestellt, und was die Beziehung zur Weite hat: der Fluß, die Brücken, die langen Straßen und die verschwenderischen Plätze, das hat diese Weite zu sich genommen, hält sie an sich, ist auf ihr gemalt, wie auf Seide. Du fühlst, was dann ein lichtgrüner Wagen sein kann auf dem Pont Neuf oder irgendein Rot, das sich nicht halten kann, oder ein Plakat einfach an der Feuermauer einer perlgrauen Häusergruppe. Alles ist vereinfacht, auf einige richtige helle Plans gebracht, wie das Gesicht in einem Manetschen Bildnis. Und nichts ist gering und überflüssig. Die Bouquinisten am Kai tun ihre Kästen auf, und das frische oder welke Gelb der Bücher, das violette Braun der Brände, das Grün einer Mappe: alles stimmt, gilt, nimmt teil und tönt in der Einheit der hellen Zusammenhänge.

Briefe I (Clara Rilke, 12. 10. 1907), 195 f.

... ich muß auf meinen Balkon, um das Grauwerden nicht zu versäumen. Die Brücke leuchtet schon so seltsam hell, und im Wasser ist die sanfte, seidene Bewegung. Denk: daß ich nur auf meinen Balkon treten muß, um das alles zu haben, was wir müde von einer der Brücken aus manchmal kaum verlassen konnten, und noch viel mehr: denn von meinem hohen Posten aus ist kein Ende und Absehen. Wie eine graue Intarsie ist der Turm St-Jacques in die östlichen Himmel eingelegt und dahinter das Hôtel de Ville und noch ein Turm, leise, leise. Und nach Westen hin häufen sich die Wipfel der Tuileriengärten, und zu allem hin und von allem her reicht dieser blanke, lange, lebendige Fluß, in dem alles Grau der Dinge feucht und flüssig wird und der sich anfüllt mit dem Glanz von allem, was glänzt ...

Briefe I (Clara Rilke, 14. 9. 1905), 111 f.

... es ist doch wieder das gleiche Regnen, das ich Dir nun schon so oft beschrieben habe; als hätte der Himmel nur einen Augenblick hell aufgesehen, um gleich darauf wieder weiterzulesen in den gleichmäßigen Regenzeilen. Aber es vergißt sich nicht so leicht, daß unter der trüben Tünche dieses Licht und diese Tiefe ist, die man gestern sah: nun weiß man es wenigstens.

Gleich am Morgen hatte ich von Deinem Herbst gelesen, und all die Farben, die Du in den Brief hineingebracht hattest, verwandelten sich in meinem Gefühl zurück und erfüllten mein Bewußtsein bis an den Rand mit Stärke und Strahlung. Während ich hier gestern den aufgelösten lichten Herbst bewunderte, gingst Du durch jenen andern heimatlichen, der auf rotem Holz gemalt ist, so wie dieser hier auf Seide. Und das eine reicht an uns heran und das andere;

so tief auf den Grund aller Verwandlung sind wir gestellt, wir Wandelbarsten, die mit einer Neigung, alles zu begreifen, herumgehen und die (indem wir es doch nicht fassen) das Übergroße zur Handlung unseres Herzens machen, damit es uns nicht zerstöre.

Briefe I (Clara Rilke, 13. 10. 1907), 198

HERBST

Tage aus versonnter Seide,
und der Herbst hat keinen Haß.
Irgendwem winkt eine Weide,
und die Astern werden blaß.

Alles Land ist leis und leer.
Nur Gestalten im entfernten
Feld; die letzten ernsten Ernten
kennen keine Lieder mehr.

Werke III, 581

Heute war ein schöner, herbstlicher Morgen. Ich ging durch die Tuilerien. Alles, was gegen Osten lag, vor der Sonne, blendete. Das Angeschienene war vom Nebel verhangen wie von einem lichtgrauen Vorhang. Grau im Grauen sonnten sich die Statuen in den noch nicht enthüllten Gärten. Einzelne Blumen in den langen Beeten standen auf und sagten: Rot, mit einer erschrockenen Stimme. Dann kam ein sehr großer, schlanker Mann um die Ecke, von den Champs-Elysées her; er trug eine Krücke, aber nicht mehr unter die Schulter geschoben, – er hielt sie vor sich her, leicht, und von Zeit zu Zeit stellte er sie fest und laut auf wie einen Heroldstab. Er konnte ein Lächeln der Freude nicht unterdrücken und lächelte, an allem vorbei, der Sonne, den Bäumen zu. Sein Schritt war schüchtern wie der eines Kindes, aber ungewöhnlich leicht, voll von Erinnerung an früheres Gehen.

Werke VI (Die Aufzeichnungen des Malte Laurids Brigge), 722

Jetzt ist es Herbst bei Dir und Du gehst im Wald, im großen Wald, in den man schon so weit hineinsehen kann, im Wind, der die Welt verwandelt. Ich denke an den kleinen Tümpel, links vom dahlemer Weg, der immer ganz groß und einsam wurde um diese Zeit. Ich denke an die Abende, nach denen die Sturmnacht kommt, die alles Welke aus den Bäumen nimmt, und denke an den Sturm selbst, an die Nacht, die fliegt, an den Sternen vorbei in den Morgen hinein. In den leeren, neuen, klaren ausgestürmten Morgen. ... Hier aber ändert sich nichts; nur wenige Bäume verwandeln sich, als ob sie gelblich blühten. Und der Lorbeer bleibt.

Andreas-Salomé (3. 11. 1903), 122

Bis gestern war das klarste Wetter, und das Schauspiel der Abende vollzog sich in ruhiger Geräumigkeit, erst heute komplizierte sich der Himmel, gleich nach Mittag kam es zum Regnen, aber ein kalter verschlossener Wind unterbrach den Regen mitten im Satz, schob die Wolken aufwärts und drängte sie zu Massen über die schon gegen Westen geneigte Sonne, – und nach dem, was ich im weitern Verlauf zu sehen bekommen habe, muß ich mir (trotz meines körperlichen Anspruchs auf Wärme) solcher Vorgänge viele wünschen, – ich ahne, zu was für Bildungen die Athmosphäre hier greifen muß, um sich zum Bilde der Stadt gehörig zu verhalten: Drohungen ballten sich und ließen sich aus in der Ferne über den lichten Reliefs anderer Wolken, die sich ihnen schuldlos, imaginäre Kontinente, entgegenhielten –, das alles über der Öde der davon verdüsterten Landschaft, aber in der Tiefe des Abgrunds ein ganz heiteres Stück Fluß, (heiter wie Daniel in der Löwengrube) der große Gang der Brücke und dann, ganz ins Geschehen einbezogen, die Stadt, in allen Tönen von Grau und Ocker vor des Ostens offenem und doch ganz unzugänglichem Blau, ach Fürstin, ich denke an den Sonnenaufgang, den Sie vom Fenster in Duino einmal so gut aufgeschrieben haben, und wünsche mir so viel Fassung in mein Herz, solchen Gegenständen gegenüber dazusein, still, aufmerksam, als ein Seiendes, Schauendes, um-Sich-nicht-Besorgtes ...

Taxis I (13. 11. 1912), 228

Dich wundert nicht des Sturmes Wucht,
du hast ihn wachsen sehn; –
die Bäume flüchten. Ihre Flucht
schafft schreitende Alleen.
Da weißt du, der, vor dem sie fliehn,
ist der, zu dem du gehst,
und deine Sinne singen ihn,
wenn du am Fenster stehst.

Des Sommers Wochen standen still,
es stieg der Bäume Blut;
jetzt fühlst du, daß es fallen will
in den, der alles tut.
Du glaubtest schon erkannt die Kraft,

als du die Frucht erfaßt,
jetzt wird sie wieder rätselhaft,
und du bist wieder Gast.

Der Sommer war so wie dein Haus,
drin weißt du alles stehn –
jetzt mußt du in dein Herz hinaus
wie in die Ebene gehn.
Die große Einsamkeit beginnt,
die Tage werden taub,
aus deinen Sinnen nimmt der Wind
die Welt wie welkes Laub.

Durch ihre leeren Zweige sieht
der Himmel, den du hast;
sei Erde jetzt und Abendlied
und Land, darauf er paßt.
Demütig sei jetzt wie ein Ding,
zu Wirklichkeit gereift, –
daß Der, von dem die Kunde ging,
dich fühlt, wenn er dich greift.

Werke I, 305 f.

Liebe Lou,

endlich, endlich ein großer Sturm; es war eine so ungewöhnliche Stille in diesem Herbst. Die Blätter saßen an den Ästen obwohl ein Nichts sie hielt; es fehlte ihnen der Entschluß abzufallen. Und man war beeinflußt davon und ging selber so vorsichtig zwischen allen diesen Buchen- und Eichenbüschen herum, um nur ja keinen Wind zu machen. Heute aber war Sturm, ganz großer Sturm, und in einer halben Stunde war alles leer. Und nun sieht man nach allen Seiten, sieht den hellen kalten See, sieht weiße Landsitze und kleine rothe, rothe Holzhäuser; alles ist sich näher, wie für den Winter zusammengestellt, aber die Welt rund herum ist groß.

Und der Sturm!

Ich habe auf meinem einsamen Berg ein Gedicht geschrieben, es wurde so aus mir herausgerissen: (Das erste seit lange, lange.) Das gebe ich Dir nun, liebe Lou, zum Dank für Deinen guten Brief. Der hat mich so im Innersten gestützt. Du weißt ja aus meinem anderen Brief, wie ich nun handeln will. Ja, und auf diesem Willen sitze ich nun und halte mich an seiner Mähne und hänge an seinem Halse und mache gewiß keinen ritterlichen Eindruck. Aber, was die Hauptsache ist: wir kommen vorwärts dabei. Und sollte ich doch wieder hinunterfallen (o alte Reitschulerinnerung) so habe ich mir vorgenommen, diesem Willen nachzulaufen, solange der Athem hält. – So steht es nun. Und es soll eines nach dem anderen geschehen. Ob es dann, gegen den Frühling hin, Göttingen oder Zürich wird, wird sich später entscheiden müssen. Daß Göttingen, rein sachlich genommen, möglich ist, daran halte ich mich vor der Hand. Was Du mir zu bedenken giebst, ist lange bedacht. Liebe Lou, Du bist meiner Feiertage Feiertag, und ich gedenke ja Werktagjahre zu haben. Freilich jetzt sehne ich mich nach einem Wiedersehen, jetzt fehlt es mir überall: alle meine Gedanken sind ohne Anfangsbuchstaben. Aber es wird ja kommen und dann wird es mir wirken, und ich traue mir zu, ganz stille zu sein, irgend ein Mensch zu sein am Rande von Göttingen, der von Loufried nicht mehr zu wissen behauptet, als daß es dort eine Unmenge Äpfel giebt und einen weißen neugierigen, ungemein sachverständigen Hund.

Andreas-Salomé (3. 11. 1904), 191 f.

ABEND IN SKÅNE

Der Park ist hoch. Und wie aus einem Haus
tret ich aus seiner Dämmerung heraus
in Ebene und Abend. In den Wind,
denselben Wind, den auch die Wolken fühlen,
die hellen Flüsse und die Flügelmühlen,
die langsam mahlend stehn am Himmelsrand.
Jetzt bin auch ich ein Ding in seiner Hand,
das kleinste unter diesen Himmeln. – Schau:

Ist das Ein Himmel?:
Selig lichtes Blau,
in das sich immer reinere Wolken drängen,
Und drunter alle Weiß in Übergängen,
und drüber jenes dünne, große Grau,
warmwallend wie auf roter Untermalung,
und über allem diese stille Strahlung
sinkender Sonne.

Wunderlicher Bau,
in sich bewegt und von sich selbst gehalten,
Gestalten bildend, Riesenflügel, Falten
und Hochgebirge vor den ersten Sternen
und plötzlich, da: ein Tor in solche Fernen,
wie sie vielleicht nur Vögel kennen . . .

Werke I, 404 f.

AUS EINER STURMNACHT

Acht Blätter mit einem Titelblatt

Titelblatt

Die Nacht, vom wachsenden Sturme bewegt,
wie wird sie auf einmal weit –,
als bliebe sie sonst zusammengelegt
in die kleinlichen Falten der Zeit.
Wo die Sterne ihr wehren, dort endet sie nicht
und beginnt nicht mitten im Wald
und nicht an meinem Angesicht
und nicht mit deiner Gestalt.
Die Lampen stammeln und wissen nicht:
lügen wir Licht?
Ist die Nacht die einzige Wirklichkeit
seit Jahrtausenden . . .

⟨1⟩

In solchen Nächten kannst du in den Gassen
Zukünftigen begegnen, schmalen blassen
Gesichtern, die dich nicht erkennen
und dich schweigend vorüberlassen.
Aber wenn sie zu reden begännen,
wärst du ein Langevergangener
wie du da stehst,
langeverwest.
Doch sie bleiben im Schweigen wie Tote,
obwohl sie die Kommenden sind.
Zukunft beginnt noch nicht.
Sie halten nur ihr Gesicht in die Zeit
und können, wie unter Wasser, nicht schauen;

und ertragen sie's doch eine Weile,
sehn sie wie unter den Wellen: die Eile
von Fischen und das Tauchen von Tauen.

⟨2⟩

In solchen Nächten gehn die Gefängnisse auf.
Und durch die bösen Träume der Wärter
gehn mit leisem Gelächter
die Verächter ihrer Gewalt.
Wald! Sie kommen zu dir, um in dir zu schlafen,
mit ihren langen Strafen behangen.
  Wald!

⟨3⟩

In solchen Nächten ist auf einmal Feuer
in einer Oper. Wie ein Ungeheuer
beginnt der Riesenraum mit seinen Rängen
Tausende, die sich in ihm drängen,
zu kauen.
Männer und Frauen
staun sich in den Gängen,
und wie sie alle aneinander hängen,
bricht das Gemäuer, und es reißt sie mit.
Und niemand weiß mehr *wer* ganz unten litt;
während ihm einer schon das Herz zertritt,
sind seine Ohren noch ganz voll von Klängen,
die dazu hingehn . . .

⟨4⟩

In solchen Nächten, wie vor vielen Tagen,
fangen die *Herzen* in den Sarkophagen
vergangner Fürsten wieder an zu gehn;
und so gewaltig drängt ihr Wiederschlagen
gegen die Kapseln, welche widerstehn,
daß sie die goldnen Schalen weitertragen
durch Dunkel und Damaste, die zerfallen.
Schwarz schwankt der Dom mit all seinen Hallen.
Die Glocken, die sich in die Türme krallen,
hängen wie Vögel, bebend stehn die Türen,
und an den Trägern zittert jedes Glied:
als trügen seinen gründenden Granit
blinde Schildkröten, die sich rühren.

⟨5⟩

In solchen Nächten wissen die Unheilbaren:
wir waren ...
Und sie denken unter den Kranken
einen einfachen guten Gedanken
weiter, dort, wo er abbrach.
Doch von den Söhnen, die sie gelassen,
geht der Jüngste vielleicht in den einsamsten Gassen;
denn gerade *diese* Nächte
sind ihm als ob er zum ersten Mal dächte:
lange lag es über ihm bleiern,
aber jetzt wird sich alles entschleiern –,
und: daß er feiern wird,
    fühlt er ...

⟨6⟩

In solchen Nächten sind alle Städte gleich,
alle beflaggt.
Und an den Fahnen vom Sturm gepackt
und wie an Haaren hinausgerissen
in irgend ein Land mit ungewissen
Umrissen und Flüssen.
In allen Gärten ist dann ein Teich,
an jedem Teiche dasselbe Haus,
in jedem Haus dasselbe Licht;
und alle Menschen sehn ähnlich aus
und halten die Hände vorm Gesicht.

⟨7⟩

In solchen Nächten werden die Sterbenden klar,
greifen sich leise ins wachsende Haar,
dessen Halme aus ihres Schädels Schwäche
in diesen langen Tagen *treiben*,
als wollten sie über der Oberfläche
des Todes bleiben.
Ihre Gebärde geht durch das Haus
als wenn überall Spiegel hingen;
und sie geben – mit diesem Graben
mit ihre Haaren – Kräfte aus,
die sie in Jahren gesammelt haben,
welche *vergingen*.

⟨8⟩

In solchen Nächten wächst mein Schwesterlein,
das vor mir war und vor mir starb, ganz klein.
Viel solche Nächte waren schon seither:
Sie muß schon schön sein. Bald wird irgendwer
sie frein.

Werke I, 460-464

Nun erst ist die große Birke, die man von den Fenstern Furuborgs aus vor der Seeferne hängen sah, leer; nun erst sind alle Wege ganz zugedeckt mit Blättern, nun erst sieht man weithin das weiße Haus. Braun ist alles, rötlichbraun und braun in braun. Zwischendurch sieht man blaßgrüne Wiesenstreifen, und die Föhren und Tannen haben ein dunkles dichtes Winterkleid-Grün. Nur dann und wann wird eine ganz goldene Birke hoch über alles hinaufgehoben, wie ein Monstranz, in den Sonnenuntergang hinein . . .

Briefe 1902-1906 (Clara Rilke, 28. 10. 1904), 225

HERBST

Oh hoher Baum des Schauns, der sich entlaubt:
nun heißts gewachsen sein dem Übermaße
von Himmel, das durch seine Äste bricht.
Erfüllt vom Sommer, schien er tief und dicht,
uns beinah denkend, ein vertrautes Haupt.
Nun wird sein ganzes Innere zur Straße
des Himmels. Und der Himmel kennt uns nicht.

Ein Äußerstes: daß wir wie Vogelflug
uns werfen durch das neue Aufgetane,
das uns verleugnet mit dem Recht des Raums,
der nur mit Welten umgeht. Unsres Saums
Wellen-Gefühle suchen nach Bezug
und trösten sich im Offenen als Fahne –
. . . .
Aber ein Heimweh meint das Haupt des Baums.

Werke II, 180

DER SCHAUENDE

Ich sehe den Bäumen die Stürme an,
die aus laugewordenen Tagen
an meine ängstlichen Fenster schlagen,
und höre die Fernen Dinge sagen,
die ich nicht ohne Freund ertragen,
nicht ohne Schwester lieben kann.

Da geht der Sturm, ein Umgestalter,
geht durch den Wald und durch die Zeit,
und alles ist wie ohne Alter:
die Landschaft, wie ein Vers im Psalter,
ist Ernst und Wucht und Ewigkeit.

Wie ist das klein, womit wir ringen,
was mit uns ringt, wie ist das groß;
ließen wir, ähnlicher den Dingen,
uns *so* vom großen Sturm bezwingen, –
wir würden weit und namenlos.

Was wir besiegen, ist das Kleine,
und der Erfolg selbst macht uns klein.
Das Ewige und Ungemeine
will nicht von uns gebogen sein.
Das ist der Engel, der den Ringern
des Alten Testaments erschien:
wenn seiner Widersacher Sehnen
im Kampfe sich metallen dehnen,
fühlt er sie unter seinen Fingern
wie Saiten tiefer Melodien.

Wen dieser Engel überwand,
welcher so oft auf Kampf verzichtet,
der geht gerecht und aufgerichtet
und groß aus jener harten Hand,
die sich, wie formend, an ihn schmiegte.
Die Siege laden ihn nicht ein.
Sein Wachstum ist: der Tiefbesiegte
von immer Größerem zu sein.

Werke I, 459 f.

Liebe Ellen Key, nun ist es Sonntag Abend geworden; man hat die Lampen angezündet und im Kamin brennt ein kleines Feuer; brennt, lebt und duftet. Es wärmt nicht weithin, ist fast nur wie ein Opfer so still und so mit sich selbst beschäftigt, in sein eigenes Brennen versunken, ganz erfüllt davon. Und wir sitzen beisammen und sind voller Nachklang unseres Gehens und voll Erinnerung an Fähren und Fichten und Wege und Wasserläufe; das Durcheinanderklingen der herbstlichen und herbstlicheren Farben lebt noch in uns und die Schwere schwarzer Fichtenäste und einer goldenen Birke spielende Leichtigkeit geht uns noch nach.

Lang war dieser Gang, wie ein ganzes Leben so voll Erfahrung und Fügung, Ferne und Nähe ...

Hinter dem weißen Hause, das Furuborg gegenüber auf der Anhöhe liegt, gingen wir in den grossen Wald hinein; seine Tiefe begann gleich an seinem Rand, und erst kamen wir sprechend hinein; aber Sie wissen, wie Ihr lieber Freund (den wir so sehr auch als unseren Freund fühlen) zu lauschen versteht; er war der Stillste unter uns, der Wissendste, der uns führte; erst zu dem grossen Geräusch, das durch die Wipfel der erwachsenen Bäume geht, dann, den ganzen fallenden Bach entlang, zu den kleinen Stimmen die, da und da und da – neue bei jeder Wendung – aus dem wandernden Wasser kommen. Stille. Und mit einer leisen Gebärde breitete er den zartesten Stoff vor uns aus, der aus allen diesen Lauten gewoben ist, – das unendlich weiche Gewebe, das den ganzen Wald zusammenhält. Da erwachte in mir das Gedicht, das also eigentlich (wie Sie sehen) *sein* Gedicht ist, Jimmy's Gedicht, eines seiner schönen lebendigen Gedichte. Ich gab es ihm nur zurück als ich ihm, eine Stunde später, an einem entlegenen Platze über dem Ramsee diese Verse las.

Und nun, meine liebe Ellen Key, geben wir Ihnen (wir vier) diese Verse; fast ist es mir, als müssten Sie sie schon kennen: ist es möglich, dass Sie nicht mitten unter uns gewesen sind, als ich sie unter der grossen Fichte las? Ja Sie waren bei uns; und das Gedicht ist ein Zeichen auch dafür, dass Sie bei uns waren. Hier ist es:

Oben wo die grossen Stimmen wohnen,
in den Kronen dieser hohen Föhren,
kann ich auch mein leises Leben hören,
grösser, um unendliches vermehrt.
Aber unten fügt an jeder Stelle

aus des Baches wechselndem Gefälle
sich ein Reden ein, das von der Schwelle
einer Stille sich mir zugekehrt.

Und so geh ich einsam, ohne Mund
zwischen helleren und dunklen Munden, –
mit des Lebens weitem Hintergrund
durch mein leisestes Gefühl verbunden.
Eine Grösse, die nicht von mir weiss,
(und ich stürbe wenn ich sie verstände)
wächst von ferne bis in meine Hände
und sie schliesst sich wie ein Sagenkreis.
Rainer Maria.

Key (2. 10. 1904), 105-107

SPAZIERGANG

Schon ist mein Blick am Hügel, dem besonnten,
dem Wege, den ich kaum begann, voran.
So faßt uns das, was wir nicht fassen konnten,
voller Erscheinung, aus der Ferne an –

und wandelt uns, auch wenn wirs nicht erreichen,
in jenes, das wir, kaum es ahnend, sind;
ein Zeichen weht, erwidernd unserm Zeichen …
Wir aber spüren nur den Gegenwind.

Werke II, 161

Regengeräusch und Stundenschlagen: daraus wird ein Muster, ein sonntägliches. Wüßte mans nicht: es muß Sonntag sein. So hört sichs in meiner stillen Straße an. Aber wie sehr war es Sonntag, in dem alten Adelsviertel, durch das ich heute morgen ging. Die alten verschlossenen Hotels im Faubourg Saint-Germain mit ihren weißgrauen Fensterläden, den diskreten Gärten und Höfen, den hinter den Stäben dichtgemachten Gittertoren und schweren gut schließenden Eingängen. Einige waren sehr hochmütig und anspruchsvoll und unzugänglich. Das mochten die Talleyrands gewesen sein, die De La Rochefoucaulds, unerreichbare Herrschaften. Aber dann kam eine ebenso stille Straße mit etwas kleineren Häusern, nicht weniger vornehm in ihrer Art und durchaus zurückhaltend. Das eine Tor war im Begriffe zuzugehen; ein Diener in Morgenlivree wandte sich noch einmal zurück und sah mich aufmerksam und nachdenklich an. Und in demselben Augenblick war mir, als müsste nur eine Kleinigkeit irgendwann anders gewesen sein, damit er einen erkennte und zurückträte und die Tür offenhielte. Damit da oben eine alte Dame wäre, eine Grand'mère, die es möglich machte, ihren Lieblingsenkel selbst zu dieser frühen Stunde zu empfangen. Mit einem Lächeln, selber ein wenig zärtlich, richtete es die vertraute Kammerfrau aus und ginge vor einem her durch die verhangene Zimmerflucht, innerlich zurückgewendet und eilend aus Eifer und aus Beunruhigung, vorangehen zu müssen. Ein Fremder begriffe nichts bei solchem Durchgehen; aber man empfände die Gegenwart all der zusammenhangsvollen Dinge: den Blick der Bildnisse, die Zifferblätter der Spieluhren und den Inhalt der Spiegel, in denen die klare Essenz diese Dämmerung aufbewahrt wird. Man hätte in einer Sekunde die lichten Salons wiedererkannt, die ganz hell sind innerhalb des Dunkels. Und den einen Raum, der dunkler scheint, weil das Familiensilber hinten alles Licht an sich genommen hat. Und die Feierlichkeit von alledem ginge auf einen über und bereitete einen vorsichtig vor auf die alte Dame in violettem Weiß, die man sich von einem Mal zum anderen nicht vorstellen kann, weil so vieles zu ihr gehört – – –

Ich ging so durch die stille Straße und war noch immer bei meinen Einbildungen, als ich im Schaufenster eines Confiseurs in der rue de Bourgogne altes schönes Silber sah. Kannen mit etwas schiefgeneigten vollen Silberblumen auf den Deckeln und phantastischen Spiegelbildern in dem geschwundenen Bug.

Nun ist es kaum glaublich, daß dies der Weg war, der in den Salon d'Automne führte. Ich kam aber doch schließlich auf den bunten Bildermarkt, der, so sehr er sich zu Eindrücken anstrengt, meine innere Stimmung doch nicht verscheuchte. Die alte Dame bestand, und ich fühlte, wie sehr es unter ihrer Würde wäre, zu diesen Bildern zu kommen. Ich dachte, ob ich nicht doch etwas fände, wovon ich ihr erzählen könnte, und fand einen Saal mit Bildern der Berthe Morisot (Manets Schwägerin) und eine Wand mit Sachen der Eva Gonzalès (der Schülerin Manets). Cézanne ist für die alte Dame nicht mehr möglich; aber für uns gilt er und ist rührend und wichtig. Er hat auch (wie Goya) die Wände seines Ateliers in Aix mit Phantasieen ausgemalt (wovon einige Druetsche Photographien da waren).

Dies vom heutigen Sonntag zu Euch …

Briefe I (Clara Rilke, 6. 10. 1907), 182-184.

Dieser Brief hätte sollen gestern geschrieben sein: denn was wäre natürlicher gewesen, als Ihnen zu schreiben in den Herbst-Nachmittag-Stunden, die ein Jahr über denen liegen, die so sicher in meiner Erinnerung stehn; unverlierbar wie Vergangenes und dabei wie Kommendes, so leicht. Dies werd ich, wie auch mein Leben geht, immer hervorrufen können aus mir: wie der Park sich um mich, den Fahrenden, schloß, und immer, sooft ich will, werd ich innerlich das Rot Ihres Mantels sehen, das mit der Bewegung des Entgegenkommens so seltsam endgültig verbunden war. Und diesen Raum und jenen; das Erkerzimmer, in dem wir, stehend, von der ›Dame à la Licorne‹ sprachen; die Ornamente oben im Treppengestühl, diese Geländeraufsätze, bei denen man sich unwillkürlich vorstellt, daß man sie als Kind entdeckt und sich einbildet, es hänge ein bestimmter Gebrauch damit zusammen; dann Ihr großes Zimmer oben, und der Saal, der tiefe landschaftliche Speisesaal mit den Kredenzen und Kredenzgruppen im Hintergrund. – Mein Gott, wie ist es doch schön um das Sehen und Erleben. Man wird anders davon und immer wieder anders. Man staunt und erkennt mitten im Staunen und lebt, eh mans noch weiß, die Leben von hundert Dingen, tritt in ihre Zusammenhänge, hat ihr Vertrauen und erwidert es: und alles das in einem Augenblick vielleicht. Denn es gibt nichts Nebensächlicheres als die Zeit. – Bin ich nicht wirklich gestern bei Ihnen gewesen? –

Nádherný (3. 11. 1908), 88 f.

Es zeigt sich immer wieder, daß die künstlerischen Ereignisse sich, weit unter der Oberfläche des momentanen Lebens, in einer gleichsam zeitlosen Tiefe vollziehen. Während Mackensen noch damit beschäftigt war, *Studien* zu malen, die ihm schwer fielen und ihn bedrückten, waren seine Kräfte tiefinnerlich schon um ein werdendes Bild versammelt, das er dann im Herbst in verhältnismäßig kurzer Zeit heruntermalte. Es war schon fertig in ihm, als er vor die Leinwand trat. Es hatte vielleicht schon im Frühjahr, als Idee, irgendwie in ihm geblüht, inzwischen war der Sommer vergangen und nun, im Herbst, fiel es von ihm ab, reif, schwer, ausgewachsen, in Einklang mit der ganzen Natur und mit allen Bäumen dieses Herbstes. Man kann dieses Bild nicht besser kennzeichnen, als es durch diese Übereinstimmung mit dem Gange des Jahres geschieht. Es gleicht einer nordischen Frucht, einem Herbstapfel mit gesunder, starker, farbiger Schale, dessen Duft schon seinen Geschmack ahnen läßt: eine herbe Saftigkeit und zugleich etwas von jener verhaltenen Süße, wie sie gewisse dunkelrote Rosen bei Einbruch der Nacht ausströmen.

Werke V, 47 f.

... es ist immerzu, als wäre man in einem nassen Schwamm, den jemand schwenkt. Wie seltsam das doch wirken kann, so aus der Ordnung herausgehoben zu sein. Die Jahreszeiten sind doch sonst grade so schön und hilfreich durch Zusammenhang und Kontrast, man kann sich halten an ihnen; diesmal aber wars unvermittelt, alles was einsetzte, als blätterte man in einer Enzyklopädie plötzlich zu einem anderen Buchstaben und läse, nach etwas ganz anderem, unter Th oder Y weiter.

Freilich, wäre man so arbeitssicher, wie man sein müßte, so würde das, selbst in Zusammenwirkung mit dem Schnupfen, einen nicht aus der Fassung bringen: man würde eben Dinge sehen und machen aus dieser Verfassung heraus. (Es war eine ähnliche in Schmargendorf, die mich einstmals, ganz unerwartet, wie ich erinnere, die Blätter aus einer Sturmnacht schreiben ließ an einem einzigen Abend.) Aber man ist ja noch immer so weit vom Immer-Arbeiten-Können. Van Gogh konnte vielleicht die Fassung verlieren, aber die Arbeit war noch hinter der Fassung, aus ihr konnte er nicht mehr herausfallen. Und Rodin, wenn er unwohl ist, ist ganz nah an der Arbeit, schreibt schöne Sachen auf unzählige Zettel, liest Platon und denkt ihm nach. Mir ahnt aber, daß das nicht bloß Erziehung ist und Zwang, so zur Arbeit zu sein (es würde sonst ermüden, wie es mich die letzten Wochen ermüdet hat); es ist lauter Freude; es ist das natürliche Wohlsein in diesem Einen, an das nichts anderes heranreicht. Vielleicht muß man deutlicher noch die »Aufgabe« einsehen, die man hat, greifbarer noch, in Hunderten von Einzelheiten erkennbar. Ich fühle ja wohl, was van Gogh an einer gewissen Stelle gefühlt haben muß, und fühle stark und groß: daß alles noch zu machen ist: alles. Aber die Zuwendung zum Nächsten gelingt mir nicht, oder doch nur in den besten Momenten, während sie einem grade in den schlechtesten am nötigsten ist. Van Gogh konnte ein Intérieur d'Hôpital machen und malte in den bangsten Tagen die bangsten Gegenstände. Wie hätte er sonst überstanden. Dazu muß man kommen und, das fühl ich wohl, nicht mit Zwang. Aus Einsicht, aus Lust, aus Nicht-Aufschieben-Können, in Anbetracht des vielen, was zu machen ist. Ach, daß man nicht Erinnerungen hätte an Nicht-Gearbeitet-Haben, die immer noch wohltun. Erinnerungen an Stilliegen und Sichwohltunlassen. Erinnerungen an durchgewartete Stunden, über dem Blättern in alten Abbildungen, über dem Lesen irgendwelcher Romane –: und solche Erinnerungen haufenweise bis in die Kindheit hinein. Ganze Gebiete des Lebens verloren, selbst für das Wiedererzählen verloren durch die Verführung, die immer noch von ihrer Müßigkeit ausgehen kann. Warum? Hätte man nur Arbeitserinnerungen von früh an: wie fest wäre es unter einem; man stünde. So aber sackt man jeden Moment wo hinein. Daß es so auch in einem: zwei Welt ist, das ist das Schlimmste. Manchmal gehe ich an kleinen Läden vorbei in der rue de Seine etwa. Händler mit Altsachen oder kleine Buchantiquare oder Kupferstichverkäufer mit überfüllten Schaufenstern. Nie tritt jemand bei ihnen ein, sie machen offenbar keine Geschäfte. Sieht man aber hinein, so sitzen sie, sitzen und lesen, unbesorgt; sorgen nicht um morgen, ängstigen sich nicht um ein Gelingen, haben einen Hund, der vor ihnen sitzt, gut aufgelegt, oder eine Katze, die die Stille noch größer macht, indem sie die Bücherreihen entlang streicht, als wischte sie die Namen von den Rücken.

Ach, wenn das genügte: ich wünschte manchmal, mir so ein volles Schaufenster zu kaufen und mich mit einem Hund dahinterzusetzen für zwanzig Jahre. Am Abend wäre Licht in der Hinterstube, vorn alles ganz dunkel, und wir säßen zu dritt und äßen, hinten; ich habe bemerkt, von der Straße aus gesehen, nimmt sich das wie ein Abendmahl aus jedesmal, so groß und feierlich durch den dunklen Raum.

Briefe I (Clara Rilke, 4. 10. 1907), 180-182

Mein Verhängnis, immer das gleiche, schließt mich manchmal so völlig ein und ab, daß ich wie unter einem Schutthaufen athme und nur durch kleine Fugen hinaussehe in's Offene und Harmlose; aber man sagt ja, wer in einen trokkenen Brunnen gefallen ist, sehe aus dem Loch unten, wenn er nur die Gleichmuth hat und den Einfall ruhig hinaufzusehen, die Sterne in eigenthümlicher Klarheit. Und manchmal seh ich sie wirklich, von dem Zufall meines Elends aus, eigenthümlich klar. Sehe und erkenne überhaupt vieles und Herrlichstes, aber so seltsam über mich fort und so, daß es mir nicht zur Hülfe ausschlägt. Alles aber, was ich zu meiner eigenen Rettung überlege, Paris nicht ausgenommen, scheint mir zu neuen Konflikten zu führen und zu Zerstreuungen, die ich irgendwie noch mehr fürchte, als diese Heimsuchung, die ja nur entstanden ist, weil ich mich vor anderen Möglichkeiten sichern und schützen wollte ... Die Hülfe, wenn mir eine gewährt sein soll, müßte aus derselben Quelle kommen wie die Gnade zu einem großen Gedicht, ein Mensch scheint mir fast unfähig sie zu bringen, sie müßte ihm denn, ohne daß er es ahnt, anvertraut sein. Dieser zerrissene Herbst trägt so viel dazu bei, alles schwerer zu machen; in dieser Jahreszeit eine gewisse Ruhe und Sättigung wahrzunehmen, die ganze Ergeblichkeit des Sommers in der stillen befriedigten Last der Früchte anzuschauen, anzufassen, – das ist fast mehr, als der Antheil am Sommer selbst, der uns nie ganz in sich hinein bezieht. Der Herbst erst, wenn er seine Abschlüsse macht, stellt eine Art Gleichung her, ein Gleichnis, in dem der vorkommt, der gesäet und gejätet, gewartet und aufgebunden hat, der Geduldige, der Hoffende. Heuer sind Sommer und Herbst wie riesige Spiegel, durch die ein Sprung gegangen ist: und nun weiß man nicht, ob dieses Zerschlagensein das Bild des Weltalls verzerrt, oder ob es sich wirklich seltsam entstellt darüberneigt. Verfrüht, in eigenthümlicher Hast, haben die Zugvögel sich versammelt, aufgeregt, als ob sie sich Gerüchte mitzutheilen hätten, die Berathung war kurz, die Vorübung eilig –, und als wollten sie nicht wiederkommen, fast ohne Abschied, stoben sie in die unstäten Lüfte hinaus. Die Früchte fühlten sich nicht wohl im Reifen und baten, von den Bäumen genommen zu sein, wie ein Kind, das, plötzlich vorfiebernd, nicht im Bad bleiben will oder auf seinem lieben Schaukelpferd. Und die Weinlese, ach, die Weinlese, die es hier, vor lauter Angefülltsein in den tausend Trauben bis zur Körperlichkeit bringt sonst –, diese starke nackte Person, deren Lachen aus dem Glanz von Trauben gemacht ist, – sollte man sie beschreiben, diese arme vendange, wie sie *heuer* aussieht: ein halbwüchsiges kümmerliches Geschöpf, ein bischen idiotisch, in zerfetzten Wolken dastehend und jämmerlich an ihren paar Trauben klaubend, die sich in sich zurückgenommen haben seit Wochen. Soviel, Liebe, von uns, dem Wallis und mir, im Herbste 1924, einer uns recht gemeinsamen Jahreszeit.

Wunderly II (4. 10. 1924), 1022 f.

Weinbergterrassen, wie Manuale:
Sonnenanschlag den ganzen Tag.
Dann von der gebenden Rebe zur Schale
überklingender Übertrag.

Schließlich Gehör in empfangenen Munden
für den vollendeten Traubenton.
Wovon ward die tragende Landschaft entbunden?
Fühl ich die Tochter? Erkenn ich den Sohn?

Werke II, 147

Guten Herbst. Auch hier strahlts heute nochmal, nur sind die Bäume schon sehr weit, in der Stadt sah ich einige leere. Und vor dem Winter fürcht ich mich, ich kanns nicht leugnen.

Vollmoeller (17. 9. 1915), 124

BANGNIS

Im welken Walde ist ein Vogelruf,
der sinnlos scheint in diesem welken Walde.
Und dennoch ruht der runde Vogelruf
In dieser Weile, die ihn schuf,
breit wie ein Himmel auf dem welken Walde.
Gefügig räumt sich alles in den Schrei:
Das ganze Land scheint lautlos drin zu liegen,
der große Wind scheint sich hineinzuschmiegen,
und die Minute, welche weiter will,
ist bleich und still, als ob sie Dinge wüßte,
an denen jeder sterben müßte,
aus ihm herausgestiegen.

Werke I, 396

Meine liebe Fürstin,

mein Schweigen ist nicht Trägheit und nicht Herzensvergeßlichkeit, – es ist eine Verzauberung, in der ich immer erstarrter drin stehe, Salzsäule oder Stein, ich weiß nicht, was ich noch werden soll. Die Briefe häufen sich auf meinem Schreibtisch, aber mir scheinen unbeschreibliche Kräfte nöthig, um eine Feder in Bewegung zu setzen, ein ganzes Räderwerk. Meine Mühle steht, ach, wie lange steht meine Mühle, der schöne Strom, der über sie stürzte, ist zu Eis geworden, daran konnte ein Sommer nichts ändern, der draußen vorüberging, ohne mich irgendwie zu berühren. Nun allerdings, da eine frühe Herbstlichkeit ihn abzulösen beginnt, traur ich ihm nach, obwohl er mir nichts gebracht hat, und merke, wieviel Hoffnung ich darauf gesetzt habe, daß die Jahreszeit mich irgendwie mitnehmen, mitreißen und erfüllen würde, ein Gleichnis der Natur hervorbringend in meinen ariden Fähigkeiten. Im Mündlichen gelingt es mir noch manchmal, lebendig zu sein und den Brennpunkt in mir zur Strahlung einzustellen, darum ist es so arg schade, daß damals aus Ihrer Reise nichts geworden ist; was ich zu einem Briefe zusammentrage, ist so spreuig und welk, daß ich, wo ich mich zu einem überwinde, eher Trennung stifte als Mittheilung: denn wie sollen auch die nächsten Freunde mich in dieser Zeilen-Mühsal und Unbeholfenheit erkennen?

Taxis II (6. 9. 1918), 557 f.

Auch heute gab es Sonne bis zur Dämmerung; ein Fensterflügel konnte sogar offen stehen und nun war die Gartenstille übersetzt in dem Rauschen der Fontäne, auf das ich unermüdlich einzugehen vermag und dem ich folge in allen seinen Veränderungen: wie spannend jedesmal ist der Augenblick, wenn ein Eingriff der Luft den stürzenden Strahl von der einen Teichseite nach der anderen hinüberzieht, durch seinen eigenen Aufstieg durch, so daß er den Bruchtheil einer zögernden Minute unhörbar in sich selber fällt; und wie dann, über jeder Veränderung, sein Niederfall anders aufklang, das war von so reicher Abwandlung, daß ich neidisch wurde auf mein Gehör und noch obendrein hinaussah. Die Gestalt des Strahls war nicht weniger überraschend als seine Vertonung. Sie stand fast weiblich da auf dem runden hell blendenden Wasserkreis, um den herum die übrige Fläche des Teichs dunkel und offen spiegelnd ausgebreitet war; fast feierlich der Park, in der Tiefe offen gegen den verblassenden Irchel, blässer darüber und rasch abendlich nachgebend, der Himmel, das schmale neue Mond-Viertel oben, durchglänzend durch den Rand der Tanne – –: wie Sie das alles erkennen werden! Der zunehmende Mond: so neu –, plötzlich empfand ich ihn als ein Zeichen des Anfangs, wie er so in der Mitte meines stillen Ausblicks stand; aber zugleich kam ich mir schon so völlig an meinem Standort befestigt vor, daß ich beinahe begriff, wie die Anspielung auf ein nun Beginnendes nur noch so allgemein möglich war und mit jener offenbaren Diskretion, die die des Himmels ist.

Schweizer Freunde (Lily Ziegler, 14. 11. 1920), 127 f.

Liebe Fürstin, was hab ich nur mit diesem Herzen, meinem, für Mißbrauch getrieben, daß es jetzt nicht Zeugnis giebt von unserer Tröstbarkeit! Ich hab Ihnen die letzten Jahre sooft anklagend von diesem Herzen gesprochen, schmähend, es herabsetzend unter die mindesten –, aber immer noch zu gut, immer noch zu hoffnungsvoll. Könnt ich sagen von ihm, daß es von Bitternis überfließt, daß es starr ist vor Schmerz, aber nein, als ob sein Inhalt einfach zu unförmigen Klumpen geballt sei, so trag ichs herum. Es giebt einen Ausweg, dies krank zu nennen, und manchen Tag bin ich auch wirklich nichts als das, krank, das ist wenig, und bilde mir ein, der gute Stauffenberg hätte das ändern können; denn dazu war ich ja hierhergekommen. Vor einem Jahr, – vor diesem Jahr! Sie sehen schon, theuere Fürstin, heute ists nicht mit mir auszuhalten, ich wollte, wir säßen in Ihrem Boudoir in Duino oder oben im Versteck der Kapelle, wo ich Ihnen aus meinem Taschenbuch vorlas, denn mündlich stöhnen ist immer noch rücksichtsvoller, aber Stöhnen auf dem Papier ist feige, ich weiß – – und trotzdem ....

Fürstin, ich räthselte im Stillen wie alle Welt über die gemeinsame Zukunft, unser aller, ob ich gleich da auf weniger Voraussetzungen angewiesen bin, als irgend ein Eckensteher, denn die Geschichte ist mir dunkel, auch vermuth ich, es ist gar nicht die Geschichte, was man wissen und woraus man schließen könnte, sondern eine wunderliche Auswahl aus Zufälligem und Gesetzmäßigem, in der der Mensch sich erkennt, weil das fortwährende Durcheinander von beidem ihm das vertrauteste Gefühl ist. Aber nun wird es so plötzlich, überholend Herbst, wenigstens hier, ich sehe von fremden Fenstern aus die Baumufer an der Isar gilben und die Gelb, unter dem kalten Regen, nehmen nicht der Reihe nach zu, sondern es sind schon gleich vorletzte Töne da, dann kommt der Blätterfall. Diese Regennächte und dieser Winter vor der Thür –, da schießt mir die ausgebreitete Noth zur eigensten zusammen, zur Rathlosigkeit vor meinem eigenen Morgen und Übermorgen, – wohin wohin? Ein münchner Jahr ist vorüber, ich habe nicht viel damit angestellt, im Gegentheil, ich komme mir in jeder Beziehung zurückgegangen vor, wie thu ichs nun besser? Mein Inneres ist so unwirtlich, daß ichs gar nicht unternehmen kann, Sie darin herumzuführen, ja es ist wahrscheinlich verstellt und ungangbar, – *restons dehors*. Mein ganzes Wissen beschränkt sich auf die höchst negative Einsicht, daß ich nicht weiter in München bleiben sollte, die Menschen stellen hier zu viel Ansprüche an einen, man soll *fertig sein* oder sich als solcher geben – *et moi, si j'ai encore quelque avenir, ce sera en recommençant humblement que j'y parviendrai*, denn was etwa in meinen Büchern für (bis zu einem gewissen Grade) fertig gelten darf, das ist auch abgethan für mich, seit fünf Jahren, seit sich der *Malte Laurids* hinter mir geschlossen hat, steh ich als ein Anfänger da, freilich, als einer, der nicht anfängt. Also anfangen –, aber wie?!

Meine Situation ist gewissermaßen noch wahrer geworden, dadurch, daß ich, wie ich vorgestern erfuhr, alle meine pariser Habe, also ungefähr alles, was ich besaß, wirklich verloren habe: der ganze Inhalt meiner Wohnung ist im April versteigert worden! Sie wissen, daß ich das nicht schwer nehme, längst war ich geneigt, alles, was sich seit den zwölf Jahren in Paris um mich angesetzt hatte, als Nachlaß des *M. L. Brigge* anzusehen, und vielleicht ist mit allen diesen mitwissenden Dingen und Büchern und den paar Erbstücken, die Obsession der Gestalt von mir genommen, von der endgültig abzusehen, ich doch reinlich entschlossen war. Und doch, liebe Freundin, Ihnen darf ichs gestehen, geh ich seit jener Nachricht aus Paris in einem wunderlichen Gefühle herum, etwa wie einer, der einen Sturz gethan hat, schmerzlos aufgestanden ist und doch irgendwie den Verdacht nicht los wird, es könne plötzlich in seinen Eingeweiden ein nachträglicher Schmerz ausbrechen und ihn zum Schreien bringen. Im Ganzen hatte ich längst alles aufgegeben und mich geübt, meinen Verzicht an dem Bewußtsein der paar Gegenstände zu erproben, die mir am fühlbarsten waren –, es ging; jetzt aber, merke ich, sie waren immerhin noch da; seit ich weiß, daß alles fort ist, rührt sich eine seltsame Furcht in mir, als wäre es denkbar, plötzlich von der Erinnerung an einen mitverlorenen Gegenstand erfaßt zu werden, der völlig unentbehrlich ist, ein Blättchen Papier vielleicht, ein Bild, ein Brief in einem der hundert Briefpakete, was weiß ich –, als könne etwas unscheinbar Liebes anhanden gekommen sein, das mit der Mitte des Lebens durch einen leichten feinen Faden verbunden war, der nun zerrissen ist …

Taxis I (6. 9. 1915), 436-439

O ich möchte meine Stimme heben
aus der Welt, in der sie wirr verweht,
an Verlornes bindet sich mein Leben
und ich weiß, daß meine Zeit vergeht.

Aufgerichtet aus dem Ungewissen
fühl ich meinen letzten Richter nahn;
wehe, meine Hand wird ausgerissen,
denn sie lebte und hat nichts getan.

Und ich bin schon jetzt wie ausgestreute
welke Blätter, die sich raschelnd rühren;
über meine Seele gehn die Leute
und mich treibt der Wind an ihre Türen.

Gott, ich hab es dir ja doch gesagt
Daß ich nicht für deine Tage tauge
weißt du noch es hat mein Kinderauge
schon ganz frühe zu dir aufgeklagt.

Warum ließest du mich dennoch leben,
warum geh ich immer noch, wohin?
Hast du mir noch eine Pflicht zu geben, –
So befiehl mir eh ich müde bin.

Wenn du willst, so werd ich noch einmal
in die Rüstung steigen, deren Stahl
fast noch neu ist, ohne Riß und Sprung …

Werke III, 768 f.

DIE BRANDSTÄTTE

Gemieden von dem Frühherbstmorgen, der
mißtrauisch war, lag hinter den versengten
Hauslinden, die das Heidehaus beengten,
ein Neues, Leeres. Eine Stelle mehr,

auf welcher Kinder, von Gott weiß woher,
einander zuschrien und nach Fetzen haschten.
Doch alle wurden stille, sooft er,
der Sohn von hier, aus heißen, halbveraschten

Gebälken Kessel und verbogne Tröge
an einem langen Gabelaste zog, –
um dann mit einem Blick als ob er löge
die andern anzusehn, die er bewog

zu glauben, was an dieser Stelle stand.
Denn seit es nicht mehr war, schien es ihm so
seltsam: phantastischer als Pharao.
Und er war anders. Wie aus fernem Land.

Werke I, 592 f.

Ich widme jetzt ab und zu, angethan wie ein Taucher, einen Tag dem Ordnen der aus Paris, von vor 1914, stammenden Papiere. »Mémoires de ma vie morte«. Da kommt manches Merkwürdige an den Tag, manches, was mein Gedächtnis vor mir bloßstellt. Wie viel Menschen, wie viel Lebensfäden, einmal durch meine Hände gezogen, losgelassen längst, zerrissen seit wie lange! Es ist trist, bestürzend oft, fühlt sich kalt an und doch noch wärmer, als ich jetzt bin. Und, seltsam, heißt mehr: ›Ich‹, totes Ich, aber doch ›Ich‹, als was die Briefe und Papiere des letzten pariser Aufenthalts mir zu bedeuten vermögen, wenn ich sie an mich halte. Die letzten Monate dort war ich schon der, der ich jetzt mehr und mehr geworden bin, ein mir Unbekannter, so unbekannt, daß ich mich manchmal, Momente lang, auf einen *außer mir* verlasse, der ›Ich‹ sein müßte, jenes andere, auch im Trüben irgendwie tiefer versicherte Ich, als das ich mich doch sonst zuverlässig erfuhr. Sie fragen, besorgt, drei, vier liebe Fragen: ich kann, ich darf nicht antworten. Ja, es ist unendlich schwer jetzt allein zu sein, und voraussichtlich ganz unnütz. Und doch, ich könnte mir keinen Menschen denken, mit dem ich mich in diesem Elend vertrüge, das auch der liebevollste Mitwisser mir noch evidenter machen würde, so wie ich einmal bin. Der andere nöthigt ja doch ein ›Ich‹ sich zu manifestieren –, durch Lust und Unlust oder was es auch sei. Ich bin wie eine leere Stelle, ich bin nicht, ich bin nicht einmal identisch mit meiner Noth, die ich nur bis zu einem gewissen Grad legitimieren kann. Da mir das Sprechen wegen der Mundverhältnisse (die Störungen und die gewisse Phobie sind immer die gleichen) mühsam ist, kann ich nichtmal laut Lesen, was mir sonst immer am Meisten zu mir hilft. Wie ich mit der Welt durch Aug und Geruch verkehre, so ist mein Selbstumgang zu einem großen Theil aufs Mich-Hören gestellt, diese Hemmung verwirrt mich unendlich, und mein Aufstehen jeden Morgen zu diesem Leben hat keinen Schwung. Genug, Liebe, lassen wir's. Ich steh in einem Gericht, die Richter berathen, das Urtheil steht noch aus.

Wunderly II (10. 11. 1925) 1073 f.

Ich kam – Sie errathen nicht, woher –, liebe Fürstin, – – ich kam aus *Paris*, wo ich, ebenso unvermuthet, sechs Tage zugebracht habe, unbeschreibliche Herbsttage, herrliche, – und es war (ich wohnte im alten, aber angenehm restaurierten *Foyot*, dem Luxembourg-Garten gegenüber) es war in einem alle Erwartung weit übertreffenden Maaße – *mein* Paris, das ehemalige, ich möchte sagen: ewige. Wer jetzt dort vorwiegend die *rive droite* besucht, auf persönliche Anknüpfungen, überhaupt auf das Gesellige und Gesprächliche angewiesen wäre, der würde sicher manche betrübliche und entstellende Veränderung zuzugeben haben. Ich aber habe das eigentümliche Glück, durch die *Dinge* zu leben, und soweit von denen und aus der intensiven Luft Einfluß zu mir herüberkam, wars der alte, unbeschreibliche, derselbe, dem ich seit fast zwanzig Jahren meine beste und entschlossenste Verfassung zu verdanken hatte. Ich kann nicht sagen (aber Sie werden's errathen!) mit welcher Bewegung ich diese Anschlüsse genoß, wie ich mich an hundert intime Bruchflächen anhielt, an die anzuheilen nun nur noch eine Sache der Hingebung war. Und an ihr, glauben Sie nur, hat es mir nicht gefehlt.

Taxis II (19. 11. 1920), 624

Wie anders Paris! Denn, denk nur, Lou, *ich war dort*! sechs Tage, Ende Oktober. Da war von keiner Wiederholung die Rede. Das Herz kam wohl auch dem Dortigen mit seinen Bruchstellen entgegen, aber die Anheilung vollzog sich in der ersten Stunde, und von da ab stürzte der Strom der hunderttausend Verwandlungen, neu und alt, unerhört und unbenennbar, durch den großen Kreislauf des endlich hergestellten Bewußtseins. Diese Tage! Es war Herbst, von jener pariser Pracht der Himmel und des Lichts, die diese Jahreszeit der Natur steigert um die Jahreszeit einer längst Natur gewordenen Stadt: welche Überflüsse im Licht, welche Durchdringlichkeit der Dinge, die sich atmosphärisch durchschwingen ließen und diese Vibrierung weitergaben, welche Einheit von Gegenstand und Gegenüber, Nähe und Tiefe der Welt, – welches Neusein der Morgen, welches Alter der Wasser, welche Zärtlichkeit und Fülle des Winds, obwohl er durch Straßen kommt. Und diese Straßen: oh sie waren nicht weniger geworden, nichts war unterdrückt, vermindert, entstellt oder auswählig geordnet –: sie besaßen ihre alte Vollzähligkeit, ihr Strömen, ihr ununterbrochenes Geschehen, ihre an allen Stellen spielende nirgends versagende Erfindung. Menschen kamen mir entgegen: ich erkannte sie, den und jenen, die mir an den gleichen Stellen, etwa der *rue de Seine*, seit soviel Jahren begegnet waren: sie hatten überstanden. Einer trug die gleiche Kravatte. Ich erkannte die Händler in den Geschäften, kaum gealtert –, die Zeitungsfrauen in den Kiosken, – ja, der Blinde auf dem *Pont du Carrousel*, um dessen Leben ich schon im Winter 1902 besorgt gewesen war –, stand, verregnet und grau, an seiner Stelle: ich kann Dir nicht sagen, wie mich in diesem Moment das Glück der Heilung durchfluthete und überstieg, – da erst begriff ich, daß nichts verloren sei, und ein Fortsetzen möglich sein würde, trotz des eben noch so tief unterbrochenen Herzens. – Bücher waren noch die gleichen, in den Kästen der *Bouquinisten*, kleine Gegenstände erkannte ich, einzelne, in den Schaufenstern der Antiquare, und wo ein kleines, weniger bestaubtes Rund den Platz erkennen ließ, von dem eines weggenommen worden war, meinte ich zu errathen, was dort gestanden habe. Es war eine Rührung in meinem Herzen, die keiner Sentimente bedurfte. Eine Empfindung, die sich kaum antreten ließ, so vollkommen war sie in sich, so unberührbar, aber man stand fortwährend am Eingang dieses Vorhimmels, der von ihr heil erfüllt war, – es war das maltesche Paris in seiner ganzen Vollzähligkeit, und nun erst schien es mir völlig zu entgelten, daß ich es so tief erlitten und ertragen hatte, – nun trug es mich, ich machte kaum die Bewegungen eines Schwimmers, das Element trug und ersparte meiner Hingegebenheit alle Ausgaben. – Du kannst Dir denken, daß ich niemanden zu sehen versuchte, auch Marthe nicht. Ich hatte keine Stelle meines Wesens frei, der Kontakt war so vollkommen, ich war überall angeschlossen, und so Unerhört war dieses Aufgenommensein vom ersten Augenblick an, daß es mich keine Überwindung gekostet hätte, nach einer Stunde wieder abzureisen: ich war schon erfüllt und der ganzen unerschöpflichen Versöhnung versichert. Für solche Verfassung waren sechs Tage ein unbegreiflicher Überfluß, dazu alle von der gleichen herbstlichen Herrlichkeit –, und, bei dem unsicheren Verhältnis, daß ich ohnehin zum Monde habe, könnte ich beschwören, er sei alle jene Nächte in seiner ganzen Fülle und Rundung in den Himmeln blieben, deren morgendliche Blässe ihn aufgelöst in den Glanz der Sonne hinübergab.

Andreas-Salomé (31. 12. 1920), 422 f.

FÜR LIA ROSEN

Wer weiß denn was wir werden? Daß wir sind,
ist ein Gerücht an das wir wieder glauben
sooft wir fühlen: einmal war ich Kind.
Doch schon das Nächste kommt zu groß und rinnt
durch uns wie Wind im Herbst durch leere Lauben.

Werke II, 209

DAS XII. SONETT AN ORPHEUS

Wolle die Wandlung. O sei für die Flamme begeistert,
drin sich ein Ding dir entzieht, das mit Verwandlungen prunkt;
jener entwerfende Geist, welcher das Irdische meistert,
liebt in dem Schwung der Figur nichts wie den wendenden Punkt.

Was sich ins Bleiben verschließt, schon *ists* das Erstarrte;
wähnt es sich sicher im Schutz des unscheinbaren Grau's?
Warte, ein Härtestes warnt aus der Ferne das Harte.
Wehe –: abwesender Hammer holt aus!

Wer sich als Quelle ergießt, den erkennt die Erkennung;
und sie führt ihn entzückt durch das heiter Geschaffne,
das mit Anfang oft schließt und mit Ende beginnt.

Jeder glückliche Raum ist Kind oder Enkel von Trennung,
den sie staunend durchgehn. Und die verwandelte Daphne
will, seit sie lorbeern fühlt, daß du dich wandelst in Wind.

Werke I, 758 f.

Fürchte dich nicht, sind die Astern auch alt,
streut der Sturm auch den welkenden Wald
in den Gleichmut des Sees, –
die Schönheit wächst aus der engen Gestalt;
sie wurde reif, und mit milder Gewalt
zerbricht sie das alte Gefäß.

Sie kommt aus den Bäumen
in mich und in dich,

nicht um zu ruhn;
der Sommer ward ihr zu feierlich.
Aus vollen Früchten flüchtet sie sich
und steigt aus betäubenden Träumen
arm ins tägliche Tun.

Werke I, 199

MIR ZUR FEIER

(Motto)

Das ist die Sehnsucht: wohnen im Gewoge
und keine Heimat haben in der Zeit.
Und das sind Wünsche: leise Dialoge
der armen Stunden mit der Ewigkeit.

Und das ist Leben. Bis aus einem Gestern
die einsamste von allen Stunden steigt,
die, anders lächelnd wie die andern Schwestern,
dem Ewigen entgegenschweigt.

Werke III, 203

DER NOVEMBERTAG

Kalter Herbst vermag den Tag zu knebeln,
seine tausend Jubelstimmen schweigen;
hoch vom Domturm, wimmern gar so eigen
Sterbeglocken in Novembernebeln.

Auf den nassen Dächern liegt verschlafen
weißes Dunstlicht; und mit kalten Händen

greift der Sturm in des Kamines Wänden
eines Totenkarmens Schlußoktaven.

Werke I, 17f.

Ja, der November ist, im Durchschnitt der Jahre, der unerträglichste Monat, aber am zwölften dachte ich viel an Sie: wer weiß, hätte sich Ihr ursprüngliches Programm erfüllen lassen, vielleicht wären Sie gerade hier gewesen; es war, mitten im nachlassenden, nach Innen zurückschlagenden Jahr, ein Tag für sich, klar, rein und mild, wie aus einer unbekannten Jahreszeit des Seins ins Vergängliche ohne sichtbare Fugen eingesetzt. Ein Tag des Verweilens, der auch in sich keinen Ablauf hatte. Und ich dachte immer wieder: nun sollten Sie hier sein.

K. Kippenberg (21. 11. 1923), 509

Es ist ganz stille. Aufrecht steht der Duft
vergangner Farben in den welken Wegen.
Die Himmel halten einen langen Regen
die Blätter gehn auf Stufen durch die Luft

Werke II, 324

SCHWERKRAFT

Mitte, wie du aus allen
dich ziehst, auch noch aus Fliegenden dich
wiedergewinnst, Mitte, du Stärkste.

Stehender: wie ein Trank den Durst
durchstürzt ihn die Schwerkraft.

Doch aus dem Schlafenden fällt,
wie aus lagernder Wolke,
reichlicher Regen der Schwere.

Werke II, 179

EINSAMKEIT

Die Einsamkeit ist wie ein Regen.
Sie steigt vom Meer den Abenden entgegen;
von Ebenen, die fern sind und entlegen,
geht sie zum Himmel, der sie immer hat.
Und erst vom Himmel fällt sie auf die Stadt.

Regnet hernieder in den Zwitterstunden,
wenn sich nach Morgen wenden alle Gassen
und wenn die Leiber, welche nichts gefunden,
enttäuscht und traurig von einander lassen;
und wenn die Menschen, die einander hassen,
in *einem* Bett zusammen schlafen müssen:

dann geht die Einsamkeit mit den Flüssen ...

Werke I, 397 f.

Ich liebe meines Wesens Dunkelstunden,
in welchen meine Sinne sich vertiefen;
in ihnen hab ich, wie in alten Briefen,
mein täglich Leben schon gelebt gefunden
und wie Legende weit und überwunden.

Aus ihnen kommt mir Wissen, daß ich Raum
zu einem zweiten zeitlos breiten Leben habe.

Und manchmal bin ich wie der Baum,
der, reif und rauschend, über einem Grabe
den Traum erfüllt, den der vergangne Knabe
(um den sich seine warmen Wurzeln drängen)
verlor in Traurigkeiten und Gesängen.

Werke I, 254 f.

Verständigt mit abnehmender Natur,
fällt mir die Kraft in dem, was ich erfuhr.
Den Engel stellt Gott vor wie eine Uhr,
er mag im Herbst künftigen Herbst empfinden.
Wir aber schlürfen mit den Winden
und ziehen Spur und wischen Spur.

Das Meer blüht nie. Jetzt wieder wächst das Meer
und kommt sich von den Rändern stark entgegen,
und Christus, auf dem Überfluss von Wegen,
geht einzig gläubig drüber hin und her.

Der Himmel singt in seiner Sicherheit,
hoch über Zeit die reichen Sterne singen,
wir treiben mit den abgehärmten Dingen
zwieschweigende Geselligkeit.

In trüben Spiegeln suchen wir Beweis
für unser Aufstehn, während unbewiesen
der Schlaf zurückbleibt. Vielleicht Schlaf von Riesen
von unsrem ganzen Blute heiß.

Doch eingeschränkt in morgengraue Zimmer
gewöhnen wir uns an des Tages Gang
und nehmen Nahrung an und wohnen immer

die gleiche Einsamkeit entlang.
Und haben Hoffnung und Verwunderung
und dies zur Sorge, jenes zum Gewissen –
nur der uns einstens dringend hingerissen
der Schwung, der Schwung:
Ihr Engel, jener, der euch täglich reißt
. . . .

Werke II, 398 f.

ERINNERUNG

Und du wartest, erwartest das Eine,
das dein Leben unendlich vermehrt;
das Mächtige, Ungemeine,
das Erwachen der Steine,
Tiefen, dir zugekehrt.

Es dämmern im Bücherständer
die Bände in Gold und Braun;
und du denkst an durchfahrene Länder,
an Bilder, an die Gewänder
wiederverlorener Fraun.

Und da weißt du auf einmal: das war es.
Du erhebst dich, und vor dir steht
eines vergangenen Jahres
Angst und Gestalt und Gebet.

Werke I, 399

DER LESER

Wer kennt ihn, diesen, welcher sein Gesicht
wegsenkte aus dem Sein zu einem zweiten,
das nur das schnelle Wenden voller Seiten
manchmal gewaltsam unterbricht?

Selbst seine Mutter wäre nicht gewiß,
ob *er* es ist, der da mit seinem Schatten
Getränktes liest. Und wir, die Stunden hatten,
was wissen wir, wieviel ihm hinschwand, bis

er mühsam aufsah: alles auf sich hebend,
was unten in dem Buche sich verhielt,
mit Augen, welche, statt zu nehmen, gebend
anstießen an die fertig-volle Welt:

wie stille Kinder, die allein gespielt,
auf einmal das Vorhandene erfahren;
doch seine Züge, die geordnet waren,
blieben für immer umgestellt.

Werke I, 636 f.

Bibliothèque Nationale.

Ich sitze und lese einen Dichter. Es sind viele Leute im Saal aber man spürt sie nicht. Sie sind in den Büchern. Manchmal bewegen sie sich in den Blättern, wie Menschen, die schlafen und sich umwenden zwischen zwei Träumen. Ach, wie gut ist es doch, unter lesenden Menschen zu sein. Warum sind sie nicht immer so? Du kannst hingehen zu einem und ihn leise anrühren: er fühlt nichts. Und stößt du einen Nachbar beim Aufstehen ein wenig an und entschuldigst dich, so nickt er nach der Seite, auf der er deine Stimme hört, sein Gesicht wendet sich dir zu und sieht dich nicht, und sein Haar ist wie das Haar eines Schlafenden. Wie wohl das tut. Und ich sitze und habe einen Dichter. Was für ein Schicksal. Es sind jetzt vielleicht dreihundert Leute im Saale, die lesen; aber es ist unmöglich, daß sie jeder einzelne einen Dichter haben. (Weiß Gott, was sie haben.) Dreihundert Dichter giebt es nicht. Aber sieh nur, was für ein Schicksal, ich, vielleicht der armsäligste von diesen Lesenden, ein Ausländer: ich habe einen Dichter. Obwohl ich arm bin. Obwohl mein Anzug, den ich täglich trage, anfängt, gewisse Stellen zu bekommen, obwohl gegen meine Schuhe sich das und jenes einwenden ließe. Zwar mein Kragen ist rein, meine Wäsche auch, und ich könnte, wie ich bin, in eine beliebige Konditorei gehen, womöglich auf den großen Boulevards, und könnte mit meiner Hand getrost in einen Kuchenteller greifen und etwas nehmen. Man würde nichts Auffälliges darin finden und mich nicht schelten und hinausweisen, denn es ist immerhin eine Hand aus den guten Kreisen, eine Hand, die vier- bis fünfmal täglich gewaschen wird. Ja, es ist nichts hinter den Nägeln, der Schreibfinger ist ohne Tinte, und besonders die Gelenke sind tadellos. Bis dorthin waschen arme Leute sich nicht, das ist eine bekannte Tatsache. Man kann also aus ihrer Reinlichkeit gewisse Schlüsse ziehen. Man zieht sie auch. In den Geschäften zieht man sie. Aber es giebt doch ein paar Existenzen, auf dem Boulevard Saint-Michel zum Beispiel und in der rue Racine, die lassen sich nicht irremachen, die pfeifen auf die Gelenke. Die sehen mich an und wissen es. Die wissen, daß ich eigentlich zu ihnen gehöre, daß ich nur ein bißchen Komödie spiele. Es ist ja Fasching. Und sie wollen mir den Spaß nicht verderben; sie grinsen nur so ein bißchen und zwinkern mit den

Augen. Kein Mensch hats gesehen. Im übrigen behandeln sie mich wie einen Herrn. Es muß nur jemand in der Nähe sein, dann tun sie sogar untertänig. Tun, als ob ich einen Pelz anhätte und mein Wagen hinter mir herführe. Manchmal gebe ich ihnen zwei Sous und zittere, sie könnten sie abweisen; aber sie nehmen sie an. Und es wäre alles in Ordnung, wenn sie nicht wieder ein wenig gegrinst und gezwinkert hätten. Wer sind diese Leute? Was wollen sie von mir? Warten sie auf mich? Woran erkennen sie mich? Es ist wahr, mein Bart sieht etwas vernachlässigt aus, ein ganz, ganz klein wenig erinnert er an ihre kranken, alten, verblichenen Bärte, die mir immer Eindruck gemacht haben. Aber habe ich nicht das Recht, meinen Bart zu vernachlässigen? Viele beschäftigte Menschen tun das, und es fällt doch niemandem ein, sie deshalb gleich zu den Fortgeworfenen zu zählen. Denn das ist mir klar, daß das die Fortgeworfenen sind, nicht nur Bettler; nein, es sind eigentlich keine Bettler, man muß Unterschiede machen. Es sind Abfälle, Schalen von Menschen, die das Schicksal ausgespieen hat. Feucht vom Speichel des Schicksals kleben sie an einer Mauer, an einer Laterne, an einer Plakatsäule, oder sie rinnen langsam die Gasse herunter mit einer dunklen, schmutzigen Spur hinter sich her. Was in aller Welt wollte diese Alte von mir, die, mit einer Nachttischschublade, in der einige Knöpfe und Nadeln herumrollten, aus irgendeinem Loch herausgekrochen war? Weshalb ging sie immer neben mir und beobachtete mich? Als ob sie versuchte, mich zu erkennen mit ihren Triefaugen, die aussahen, als hätte ihr ein Kranker grünen Schleim in die blutigen Lider gespuckt. Und wie kam damals jene graue, kleine Frau dazu, eine Viertelstunde lang vor einem Schaufenster an meiner Seite zu stehen, während sie mir einen alten, langen Bleistift zeigte, der unendlich langsam aus ihren schlechten, geschlossenen Händen sich herausschob. Ich tat, als betrachtete ich die ausgelegten Sachen und merkte nichts. Sie aber wußte, daß ich sie gesehen hatte, sie wußte, daß ich stand und nachdachte, was sie eigentlich täte. Denn daß es sich nicht um den Bleistift handeln konnte, begriff ich wohl: ich fühlte, daß das ein Zeichen war, ein Zeichen für Eingeweihte, ein Zeichen, das die Fortgeworfenen kennen; ich ahnte, sie bedeutete mir, ich müßte irgendwohin kommen oder etwas tun. Und das Seltsamste war, daß ich immerfort das Gefühl nicht los wurde, es bestünde tatsächlich eine gewisse Verabredung, zu der dieses Zeichen gehörte, und diese Szene wäre im Grunde etwas, was ich hätte erwarten müssen.

Das war vor zwei Wochen. Aber nun vergeht fast kein Tag ohne eine solche Begegnung. Nicht nur in der Dämmerung, am Mittag in den dichtesten Straßen geschieht es, daß plötzlich ein kleiner Mann oder eine alte Frau da ist, nickt, mir etwas zeigt und wieder verschwindet, als wäre nun alles Nötige getan. Es ist möglich, daß es ihnen eines Tages einfällt, bis in meine Stube zu kommen, sie wissen bestimmt, wo ich wohne, und sie werden es schon einrichten, daß der Concierge sie nicht aufhält. Aber hier, meine Lieben, hier bin ich sicher vor euch. Man muß eine besondere Karte haben, um in diesen Saal eintreten zu können. Diese Karte habe ich vor euch voraus. Ich gehe ein wenig scheu, wie man sich denken kann, durch die Straßen, aber schließlich stehe ich vor einer Glastür, öffne sie, als ob ich zuhause wäre, weise an der nächsten Tür meine Karte vor (ganz genau wie ihr mir eure Dinge zeigt, nur mit dem Unterschiede, daß man mich versteht und begreift, was ich meine –), und dann bin ich zwischen diesen Büchern, bin euch weggenommen, als ob ich gestorben wäre, und sitze und lese einen Dichter.

Ihr wißt nicht, was das ist, ein Dichter? – Verlaine ... Nichts? Keine Erinnerung? Nein. Ihr habt ihn nicht unterschieden unter denen, die ihr kanntet? Unterschiede macht ihr keine, ich weiß. Aber es ist ein anderer Dichter, den ich lese, einer, der nicht in Paris wohnt, ein ganz anderer. Einer, der ein stilles Haus hat im Gebirge. Der klingt wie eine Glocke in reiner Luft. Ein glücklicher Dichter, der von seinem Fenster erzählt und von den Glastüren seines Bücherschrankes, die eine liebe, einsame Weite nachdenklich spiegeln. Gerade der Dichter ist es, der ich hätte werden wollen; denn er weiß von den Mädchen so viel, und ich hätte auch viel von ihnen gewußt. Er weiß von Mädchen, die vor hundert Jahren gelebt haben; es tut nichts mehr, daß sie tot sind, denn er weiß alles. Und das ist die Hauptsache. Er spricht ihre Namen aus, diese leisen, schlankgeschriebenen Namen mit den altmodischen Schleifen in den langen Buchstaben und die erwachsenen Namen ihrer älteren Freundinnen, in denen schon ein klein wenig Schicksal mitklingt, ein klein wenig Enttäuschung und Tod. Vielleicht liegen in einem Fach seines Mahagonischreibtisches ihre verblichenen Briefe und die gelösten Blätter ihrer Tagebücher, in denen Geburtstage stehen, Sommerpartien, Geburtstage. Oder es kann sein, daß es in der bauchigen Kommode im Hintergrunde seines Schlafzimmers eine Schublade giebt, in der ihre Frühjahrskleider aufgehoben sind; weiße Kleider, die um Ostern zum erstenmal angezogen wurden, Kleider aus getupftem Tüll, die eigentlich in den Sommer gehören, den man nicht erwarten konnte. O was für ein glückliches Schicksal, in der stillen Stube eines ererbten Hauses zu sitzen unter lauter ruhigen, seßhaften Dingen und draußen im leichten, lichtgrünen Garten die ersten Meisen zu hören, die sich versuchen, und in der Ferne die Dorfuhr. Zu sitzen und auf einen warmen Streifen Nachmittagssonne zu sehen und vieles von vergangenen Mädchen zu wissen und ein Dichter zu sein. Und zu denken, daß ich auch so ein Dichter geworden wäre, wenn ich irgendwo hätte wohnen dürfen, irgendwo auf der Welt, in einem von den vielen verschlossenen Landhäusern, um die sich niemand bekümmert. Ich hätte ein einziges Zimmer gebraucht (das lichte Zimmer im Giebel). Da hätte ich drinnen gelebt mit meinen alten Dingen, den Familienbildern, den Büchern. Und einen Lehnstuhl hätte ich gehabt und Blumen und Hunde und einen starken Stock für die steinigen Wege. Und nichts sonst. Nur ein Buch in gelbliches, elfenbeinfarbiges Leder gebunden mit einem alten blumigen Muster als Vorsatz: dahinein hätte ich geschrieben. Ich hätte viel geschrieben, denn ich hätte viele Gedanken gehabt und Erinnerungen von Vielen. Aber es ist anders gekommen, Gott wird wissen, warum. Meine alten Möbel faulen in einer Scheune, in die ich sie habe stellen dürfen, und ich selbst, ja, mein Gott, ich habe kein Dach über mir, und es regnet mir in die Augen.

Werke VI (Die Aufzeichnungen des Malte Laurids Brigge), 741-747

Nur der kann wirklich über ein Buch oder ein Bild klar sein, der es besitzt. Gelegentlich gesehene Galeriebilder verwirren. Wir nehmen in den Augen neben ihnen – selbst wenn sie in einem Raume isoliert hängen – den Eindruck dieses fremden Raumes, irgendeine Geste des Galeriedieners und vielleicht überdies die Erinnerung an einen Geruch mit, der nun in ungerechter Weise unser Gedenken aufdringlich begleitet. Das alles, welches unter bestimmten Umständen als eine Ergänzung der Stimmung wirken könnte, ist in seiner grausamen Stillosigkeit und Zufälligkeit brutal. Es ist wie der Besuch bei einem großen und bedeutenden Mann im Hotel. Ich erinnere mich mehrerer solcher Besuche; davon steht bei dem einen neben der Erscheinung der betreffenden Persönlichkeit ein Nachtkasten, dessen Türchen beständig krähend aufging, und irgendein verlaufener Pantoffel unabweisbar in meinem Sinn, und den anderen kann ich mir nur in Begleitung eines arg verwüsteten Frühstückstabletts vorstellen, über welches quer ein Hemdkragen wie eine Brücke ausgespannt war.

Bei Büchern ist das ganz ebenso. Ein mir gewohntes Exemplar erzählt mir seine Sache mit aller Vertraulichkeit. Je öfter ich es benütze, je näher liegt es mir, *ihm* einmal die Geschichte zu erzählen, während es den Zuhörer spielt. Ein befreundetes Buch geht gern und willig diesen muntern Wechsel ein, und es erwachsen gar schöne Situationen daraus. Mit der Zeit steht in dem Buch das Zehnfache von dem, was es wirklich gedruckt enthält; ich lese meine eigenen Erinnerungen und Gedanken immer wieder mit. Es ist nicht mehr in dem Deutsch von dem und jenem geschrieben, es ist mein ureigenstes Idiom. Aber dasselbe Buch in einer anderen Ausgabe ist wie ein Mensch, der mir irgendwo in der Fremde begegnet und von dem ich kaum zu sagen weiß, ob er mir nur vom Vorübergehen oder vom Verkehr bekannt sei.

Gegen geborgte Bücher behält man stets eine gewisse formelle Höflichkeit. Ich würde das Buch, welches ein Mädchen mir geborgt hat, nie im Bette oder in Morgenkleidung lesen und ein Werk aus der großen Bücherei eines Kollegen nicht in meine enge Büchersammlung stellen, sondern ihm einen bevorzugten Platz auf meinem Tisch zuweisen.

Wenn ich vollends einen Vorgesetzten hätte – das muß wie eine zu niedrige Zimmerdecke sein –, könnte ich Bücher, von ihm entlehnt, doch unmöglich anders als mit dem Hut in der Hand gebrauchen; kurz, man gewinnt kein Verhältnis zu solchen Büchern, man bleibt stets ›per Sie‹ mit ihnen.

Tagebücher, 54-56

Vertrau den Büchern nicht zu sehr; sie sind
Gewesenes und Kommendes. Ergreife
ein Seiendes. So wird auch deine Reife
nicht alles sein. Denn da ist Jeder Kind,

wo Dinge stehn, unendlich überragend,
was sich in uns zu mehr zusammen nimmt;
wir raten nur und sagen alles fragend,
sie aber gehn in sich und sind bestimmt.

Und wenn du auch dein Leben so begannst
als solltest du's in Stunden überwinden:
im Kleinsten wirst du einen Meister finden,
dem du tiefinnen nie genugtun kannst.

Werke II, 209 f.

Schmargendorf, am 5. Nov. 1900

Wie prächtig ist es jetzt bei mir geworden. Denken Sie, liebe Paula Becker, ich hatte auf meinem Schreibtisch einen Kupferkrug, darin Georginen von der Farbe alten Elfenbeins, leise gilbende Georginen, standen, gerade so, daß die phantastischen wunderbaren Blätter des Kohls nur dazu gesteckt werden mußten, damit ein Wunder geschähe. Es ist geschehen und wirkt. – Auf der zu dem Bücherregal gebauten Bank war ein hohes schlankes Glas mit einigen Hagebutten-Zweigen aufgestellt, dort fügten sich die schweren Dolden der Vogelbeeren ein, und zu Föhrenzweigen reimten die großen gelben und goldenen Blätter sich, diese großen Kastanienblätter, die wie ausgespannte Hände des Herbstes sind, welche Sonnenstrahlen ergreifen wollten. Aber jetzt wo die Sonnenstrahlen nicht mehr gehen, sondern Flügel haben, fängt kein Kastanienblatt einen Sonnenstrahl. Alles bei mir (will ich mit dieser Aufzählung sagen) war vorbereitet, den Herbst zu empfangen, mit dem Sie mich überrascht und beschenkt haben. Für jedes Stück Ihres reichen Herbstes war schon ein Platz bestimmt, vorbestimmt von der Fürsehung. Auch für die Kastanienkette. Nur hängt sie bei mir nicht immer an der Wand, sondern ich hole sie manchmal und lasse sie wie einen Rosenkranz (Sie kennen doch diese katholischen Gebetsketten?) durch die Finger gleiten. Man muß bei jeder Kugel solcher Rosenkränze ein bestimmtes Gebet wiederholen; ich ahme dieser frommen Regel nach, indem ich bei jeder Kastanie etwas Liebes denke, das sich auf Sie und Clara Westhoff bezieht. Da erweist es sich nur, daß der Kastanien zu wenige sind.

Diese ersten Novembertage sind für mich immer katholische Tage. Der zweite Novembertag ist der Tag von Allerseelen, den ich bis zu meinem 16. oder 17. Jahr immer, wo ich auch gerade gewohnt haben mag, auf Kirchhöfen verbrachte an fremden Gräbern oft und oft an den Gräbern von Verwandten und Vorfahren, an Gräbern, die ich mir nicht erklären konnte und über die ich nachdenken mußte in den wachsenden Winternächten. Damals kam mir wohl zuerst der Gedanke, daß jede Stunde, die wir leben eine Sterbestunde ist für irgendwen, und daß es wohl sogar mehr Sterbestunden als Stunden der Lebendigen giebt.

Der Tod hat ein Zifferblatt mit unendlich viel Zahlen ... Jetzt besuche ich seit Jahren keine Gräber mehr zu Allerseelen. Nur zu Heinrich von Kleist pflege ich in diesen Tagen hinauszufahren nach Wannsee. Spät im November ist er da draußen gestorben; in einer Zeit wo viele Schüsse fallen im leeren Walde, fielen auch die zwei schweren Schüsse aus seiner Waffe. Sie unterschieden sich kaum von den andern, vielleicht daß sie etwas heftiger waren kürzer, athemloser .... Aber in der lastenden Luft werden die Geräusche alle ähnlich und stumpfen sich ab an den vielen weichen Blättern die überall im Sinken sind.

Aber, ich merke, das ist kein Brief für Sie und eigentlich auch für mich keiner. Ich habe Sehnsucht, Freundin. Leben Sie wohl.

Ihr Rainer Maria

Modersohn-Becker (5. 11. 1900), 19 f.

Ich verrinne, ich verrinne
wie Sand, der durch Finger rinnt.
Ich habe auf einmal so viele Sinne,
die alle anders durstig sind.
Ich fühle mich an hundert Stellen
schwellen und schmerzen.
Aber am meisten mitten im Herzen.

Ich möchte sterben. Laß mich allein.
Ich glaube, es wird mir gelingen,
so bange zu sein,
daß mir die Pulse zerspringen.

Werke I, 266 f.

Ich habe niemals gewagt, von ihm eine Zeitung zu kaufen. Ich bin nicht sicher, daß er wirklich immer einige Nummern bei sich hat, wenn er sich außen am Luxembourg-Garten langsam hin und zurück schiebt den ganzen Abend lang. Es kehrt dem Gitter den Rücken, und seine Hand streift den Steinrand, auf dem die Stäbe aufstehen. Er macht sich so flach, daß täglich viele vorübergehen, die ihn nie gesehen haben. Zwar hat er noch einen Rest von Stimme in sich und mahnt; aber das ist nicht anders als ein Geräusch in einer Lampe oder im Ofen oder wenn es in eigentümlichen Abständen in einer Grotte tropft. Und die Welt ist so eingerichtet, daß es Menschen giebt, die ihr ganzes Leben lang in der Pause vorbeikommen, wenn er, lautloser als alles was sich bewegt, weiter rückt wie ein Zeiger, wie eines Zeigers Schatten, wie die Zeit.

Wie unrecht hatte ich, ungern hinzusehen. Ich schäme mich aufzuschreiben, daß ich oft in seiner Nähe den Schritt der andern annahm, als wüßte ich nicht um ihn. Dann hörte ich es in ihm »La Presse« sagen und gleich darauf noch einmal und ein drittes Mal in raschen Zwischenräumen. Und die Leute neben mir sahen sich um und suchten die Stimme. Nur ich tat eiliger als alle, als wäre mir nichts aufgefallen, als wäre ich innen überaus beschäftigt.

Und ich war es in der Tat. Ich war beschäftigt, ihn mir vorzustellen, ich unternahm die Arbeit, ihn einzubilden, und der Schweiß trat mir aus vor Anstrengung. Denn ich mußte ihn machen wie man einen Toten macht, für den keine Beweise mehr da sind, keine Bestandteile; der ganz und gar innen zu leisten ist. Ich weiß jetzt, daß es mir ein wenig half, an die vielen abgenommenen Christusse aus streifigem Elfenbein zu denken, die bei allen Althändlern herumliegen. Der Gedanke an irgendeine Pietà trat vor und ab –: dies alles wahrscheinlich nur, um eine gewisse

Neigung hervorzurufen, in der sein langes Gesicht sich hielt, und den trostlosen Bartnachwuchs im Wangenschatten und die endgültig schmerzvolle Blindheit seines verschlossenen Ausdrucks, der schräg aufwärts gehalten war. Aber es war außerdem so vieles, was zu ihm gehörte; denn dies begriff ich schon damals, daß nichts an ihm nebensächlich sei: nicht die Art, wie der Rock oder der Mantel, hinten abstehend, überall den Kragen sehen ließ, diesen niedrigen Kragen, der in einem großen Bogen um den gestreckten, nischigen Hals stand, ohne ihn zu berühren; nicht die grünlich schwarze Krawatte, die weit um das Ganze herumgeschnallt war; und ganz besonders nicht der Hut, ein alter, hochgewölbter, steifer Filzhut, den er trug wie alle Blinden ihre Hüte tragen: ohne Bezug zu den Zeilen des Gesichts, ohne die Möglichkeit, aus diesem Hinzukommenden und sich selbst eine neue äußere Einheit zu bilden; nicht anders als irgendeinen verabredeten fremden Gegenstand. In meiner Feigheit, nicht hinzusehen, brachte ich es so weit, daß das Bild dieses Mannes sich schließlich oft auch ohne Anlaß stark und schmerzhaft in mir zusammenzog zu so hartem Elend, daß ich mich, davon bedrängt, entschloß, die zunehmende Fertigkeit meiner Einbildung durch die auswärtige Tatsache einzuschüchtern und aufzuheben. Es war gegen Abend. Ich nahm mir vor, sofort aufmerksam an ihm vorbeizugehen.

Nun muß man wissen: es ging auf den Frühling zu. Der Tagwind hatte sich gelegt, die Gassen waren lang und befriedigt; an ihrem Ausgang schimmerten Häuser, neu wie frische Bruchstellen eines weißen Metalls. Aber es war ein Metall, das einen überraschte durch seine Leichtigkeit. In den breiten, fortlaufenden Straßen zogen viele Leute durcheinander, fast ohne die Wagen zu fürchten, die selten waren. Es mußte ein Sonntag sein. Die Turmaufsätze von

Saint-Sulpice zeigten sich heiter und unerwartet hoch in der Windstille, und durch die schmalen, beinah römischen Gassen sah man unwillkürlich hinaus in die Jahreszeit. Im Garten und davor war so viel Bewegung von Menschen, daß ich ihn nicht gleich sah. Oder erkannte ich ihn zuerst nicht zwischen der Menge durch?

Ich wußte sofort, daß meine Vorstellung wertlos war. Die durch keine Vorsicht oder Verstellung eingeschränkte Hingegebenheit seines Elends übertraf meine Mittel. Ich hatte weder den Neigungswinkel seiner Haltung begriffen gehabt noch das Entsetzen, mit dem die Innenseite seiner Lider ihn fortwährend zu erfüllen schien. Ich hatte nie an seinen Mund gedacht, der eingezogen war wie die Öffnung eines Ablaufs. Möglicherweise hatte er Erinnerungen; jetzt aber kam nie mehr etwas zu seiner Seele hinzu als täglich das amorphe Gefühl des Steinrands hinter ihm, an dem seine Hand sich abnutzte. Ich war stehngeblieben, und während ich das alles fast gleichzeitig sah, fühlte ich, daß er einen anderen Hut hatte und eine ohne Zweifel sonntägliche Halsbinde; sie war schräg in gelben und violetten Vierecken gemustert, und was den Hut angeht, so war es ein billiger neuer Strohhut mit einem grünen Band. Es liegt natürlich nichts an diesen Farben, und es ist kleinlich, daß ich sie behalten habe. Ich will nur sagen, daß sie an ihm waren wie das Weicheste auf eines Vogels Unterseite. Er selbst hatte keine Lust daran, und wer von allen (ich sah mich um) durfte meinen, dieser Staat wäre um seinetwillen?

Mein Gott, fiel es mir mit Ungestüm ein, so *bist* du also. Es giebt Beweise für deine Existenz. Ich habe sie alle vergessen und habe keinen je verlangt, denn welche ungeheuere Verpflichtung läge in deiner Gewißheit. Und doch, nun wird mirs gezeigt. Dieses ist dein Geschmack, hier hast du Wohlgefallen. Daß wir doch lernten, vor allem aushalten und nicht urteilen. Welche sind die schweren Dinge? Welche die gnädigen? Du allein weißt es.

Wenn es wieder Winter wird und ich muß einen neuen Mantel haben, – gieb mir, daß ich ihn so trage, solang er neu ist.

Werke VI (Die Aufzeichnungen des Malte Laurids Brigge), 899-903

DIE BLINDE

Ich bin eine Insel und allein.
Ich bin reich. –
Zuerst, als die alten Wege noch waren
in meinen Nerven, ausgefahren
von vielem Gebrauch:
da litt ich auch.
Alles ging mir aus dem Herzen fort,
ich wußte erst nicht wohin;
aber dann fand ich sie alle dort,
alle Gefühle, das, was ich bin,
stand versammelt und drängte und schrie
an den vermauerten Augen, die sich nicht rührten.
Alle meine verführten Gefühle ...
Ich weiß nicht, ob sie Jahre so standen,
aber ich weiß von den Wochen,
da sie alle zurückkamen gebrochen
und niemanden erkannten.

Dann wuchs der Weg zu den Augen zu.
Ich weiß ihn nicht mehr.
Jetzt geht alles in mir umher,

sicher und sorglos; wie Genesende
gehn die Gefühle, genießend das Gehn,
durch meines Leibes dunkles Haus.
Einige sind Lesende
über Erinnerungen;
aber die jungen
sehn alle hinaus.
Denn wo sie hintreten an meinen Rand,
ist mein Gewand von Glas.
Meine Stirne sieht, meine Hand las
Gedichte in anderen Händen.
Mein Fuß spricht mit den Steinen, die er betritt,
meine Stimme nimmt jeder Vogel mit
aus den täglichen Wänden.
Ich muß nichts mehr entbehren jetzt,
alle Farben sind übersetzt
in Geräusch und Geruch.
Und sie klingen unendlich schön
als Töne.
Was soll mir ein Buch?
In den Bäumen blättert der Wind;
und ich weiß, was dorten für Worte sind,
und wiederhole sie manchmal leis.
Und der Tod, der Augen wie Blumen bricht,
findet meine Augen nicht …

Werke I, 486

HERBST

Die Blätter fallen, fallen wie von weit,
als welkten in den Himmeln ferne Gärten;
sie fallen mit verneinender Gebärde.

Und in den Nächten fällt die schwere Erde
aus allen Sternen in die Einsamkeit.

Wir alle fallen. Diese Hand da fällt.
Und sieh dir andre an: es ist in allen.

Und doch ist Einer, welcher dieses Fallen
unendlich sanft in seinen Händen hält.

Werke I, 400

Dies scheint mir immer noch das Wunderbarste des Lebens, daß oft das Plumpe und Grobe irgend eines Eingriffs, daß eine offenkundige Verstörung zum Anlaß werden kann, eine neue Ordnung in uns anzulegen. Dies ist ja die vorzüglichste Leistung der Lebenskraft, daß sie sich das Böse in Gutes auslegt und recht eigentlich umkehrt: Ohne diese Zauberei wären wir alle böse, denn Böses kommt an jeden heran und in jeden hinein, und man könnte jeden in einem Moment überraschen, da er »schlecht« wäre; nur daß man nicht stehen bleibe, *das* ist das Geheimnis, daß man *lebe*, – nichts ist unhaltbarer als das Schlechte, darum dürfte kein Mensch je denken, daß er es »sei«, er rühre sich: schon ist er es nicht mehr.

Einmal stand ich auf einer Brücke in Paris und sah von ferne auf einer zum Fluß hinunter gemauerten Straße, in Wachstuch eingeschlagen, einen Selbstmörder liegen, den man eben tot aus der Seine gezogen hatte. Plötzlich hörte ich jemanden neben mir etwas sagen; es war ein junger blonder Fuhrmann in blauer Bluse, ganz jung, rothblond, mit klugem, pfiffig-zugespitztem Gesicht. Am Kinn hatte er eine Warze, aus der ein steifes Büschel rother Haare, wie ein Pinsel, beinahe übermüthig, heraussprang. Da ich mich ihm zukehrte, wies er mit einem Ruck des Kopfes gegen jenen Gegenstand hin, der uns beide beschäftigte, und sagte, zwinkernd: »Dites donc celui-là, s'il a pu encore faire ça, il aurait bien pu faire autre chose.«

Ich schaute ihm erstaunt nach, während er schon zu seinem enormen Steinkarren zurückging, denn wirklich: was müßte man nicht alles mit eben jener Kraft leisten können, die nöthig ist, um die starken gewaltigen Bindungen des Lebens zu lösen! Seither weiß ich gewiß, daß auch noch das Schlechteste, die Verzweiflung, nur eine Fülle ist, ein Andrang des Daseins, der sich mit einem einzigen Entschluß des Herzens ins Gegentheil werfen ließe, und wo etwas ganz schwer und unerträglich wird, da stehen wir auch immer schon dicht vor seiner Verwandlung.

Forrer (10. 2. 1920), 32-34

JAHRMARKT

Das war in München beim Oktoberfeste,
da die Theresienwiese voll vom Schrein
und Schwall der Schauer ist. Da bunte Gäste
aus der Provinz der Kunst der Rindermäste
verständnisvoll ein Mundvoll Worte leihn.
Die kleinen Mädchen, flüchtig ihrem Neste,
durchschwirren keck den lauten Tag zu zwein,
und Bursche mit der bunten Lodenweste
und ziere Stadtherrn bengeln hinterdrein.
Dazwischen drängen Wagen und betreßte
urdumme Kutscher, blinzende Lakein,
Fuhrleute dann, die in ihre längstgenäßte
gepichte Kehle tüchtig spülen. Kein
Verdroßner stört, und allen schiens das Beste,

daß man sich prall und gar so prächtig preßte
durch diese bauernbunten Budenreihn.
Bier gabs und Wein in Strömen allerorten,
und viel Verständge prüften dran; es ließ
die Blume gelten der und der die Borten.
Marktschreier prahlten an den Bretterpforten
und priesen ihre Wunder weit mit Worten,
als wären sie mit Noah und Konsorten
zurückgekehrt ins echte Paradies. –
An kleinern Ständen bot man Trauben, Torten
und Würste aus; geduldige Hühner schmorten
sich einen goldnen Panzer an am Spieß.
Und drüben stand bewehrt ein schwarzer Tell,
ein Wilder, und vergaß das Schreienmüssen
vor lauter Gieren nach den Kokosnüssen.
Da schob ein Zwerg, ein drolliger Gesell,
mit Grinsemiene sich vorüber, schnell
war dort die ganze Menge hingerissen
zur Wellenschaukel und zum Karussell.
Und wo sie eine rote Fahne hissen,
dort reißt auf grellverhangenem Gestell
dummdreiste Witze der Polichinell.
Die große Trommel hat er durch geschlissen
und trommelt jetzt trotz tausend Hindernissen
mit seinem unverschämten wilden Wissen
dem lieben Publikum das Trommelfell.

Laut lachend ließ gefallen sichs ein jeder.

Auch ich ging ziellos durch das Weggeäder
und blinzte müßig in das volle Licht,
und manchmal fuhr ich wie so mancher Wicht
der Schönen, die just kam, ins Angesicht

mit meiner kühnen, kecken Pfauenfeder.
Und hinterher konnt' noch ein Silberkichern
von blütenfrischen Lippen mir versichern:
die liebe Kleine grollte nicht. –
Dann gabs ein Ängsten, wenn wo Fässerfuhren
mit plumpen Pferden furchten wegentlang:
Die Menge drängte in die Räderspuren,
da schrie ein Kind, ein Bursche sang, da sprang
ein Mädel, dem entfernter Walzertouren
ersehnter Zauber in die Beine drang.
Und was nur immer klingen konnte, klang,
vom Waldhornsolo bis zum Bumerang
dort vor den Buden mit den Wachsfiguren.
Wie ich mich so durch das Getümmel wand,
da stand ich plötzlich an der Wiese Rand
vor einer Bude. Überm Eingang stand
in kargen Lettern zaghaft und bescheiden:
»Das Leben Jesu Christi und sein Leiden.«
Und – ich weiß nicht warum, ich trat hinein.
Schon hielt ich in der Hand den blauen Schein,
der für zehn Pfennig Einlaß mir gewährte.
Ich fragte mich, was den Besitzer nährte;
denn in der Bude war ich ganz allein.

Wer mochte *dem* auch hier sein Denken weihn,
dem Mann, von dem der Katechet ihm lehrte,
daß Buße er gepredigt und Kastein
und daß ein großes Leiden ihn verzehrte.

Da sah ich nun des heilgen Kinds Geburt
und dann die Flucht, da Josef durch die Furt
des Flusses lenkt das Maultier mit Marien,
den Tempel dann, drin ob der Theorien

des Knaben mancher Pharisäer murrt,
und dann den Einzug in Jerusalem,
wo er, – zu fragen meidet er, bei wem –
bei schlichten Leuten unter Sünden wohnt
und jeden Willen reich mit Wundern lohnt.
Dann jener Tag, da er sein *deo natus*
dem Volk entgegenschleudert, und Pilatus
sogar den Richtern Milde rät,
bis, weil das Volk zu sänftigen zu spät,
des Bleichen dornbekränzte Majestät
schmerzedel auf der Balustrade steht,
daß Mitleid selbst des Römers Herz durchweht
und er verwirrt sein »*Ecce homo*« fleht ....
Umsonst. Es brüllt der Pöbel ungestüm:
Ans Kreuz mit ihm!

Dann kamen alle Greuel jenes Tags,
da er, verurteilt von des Reichs Verwesern,
ans Holz geheftet wurde wilden Schlags:
Nacht brach herein, und in den Wolken lags
wie Racherufe von Posaunenbläsern,
und fremde Vögel gierten nach den Äsern,
und statt des Taus war Blut an allen Gräsern. –

Jetzt starrten beide Schächer hier so gläsern
mich an; es glänzte ihrer Stirnen Wachs. –
Doch Christi Auge, klufttief, todesdunkel,
erlohte in so täuschendem Gefunkel,
daß alles Blut mir heiß zum Herzen schoß:
Der gelbe Wachsgott öffnete und schloß
das Lid, das, bläulich dünn, den Blick verhängte;
der enge, wunde Brustkorb hob und senkte
sich leise, leise, und die schwammgetränkte,

todblasse Lippe schien ein Wort zu fassen,
das sehnend sich durch starre Zähne drängte:
»Mein Gott, mein Gott – was hast du mich verlassen?«
Und wie ich zu entsetzt, daß ich des Sinns
des dunkeltiefen Dulderworts verstände,
nur steh und steh und nicht das Auge wende, –
da lösen leise seine weißen Hände
sich von dem Kreuze, und er stöhnt: »Ich bins.«
Lang lausch ich nach, und es verklingt sein Spruch, –
ich schau die Wände rings von grellem Tuch
bedeckt und fühle diesen Jahrmarktstrug
mit seinem Lampenöl- und Wachsgeruch.
Da haucht er wieder her: Das ist mein Fluch.
Seit mich, von ihrem eitlen Glaubensprahlen
betört, die Jünger aus dem Grabe stahlen,
giebts keine Grube mehr, die mich behält.
Solang aus Bächen Sterne widerstrahlen,
solang die Sonne zu erlösten Talen
den Frühling ruft mit seinen Bacchanalen,
so lange muß ich weiter durch die Welt.
Von Kreuz zu Kreuze muß ich Buße zahlen:
wo sie ein Querholz in (den) Boden pfahlen,
dort muß ich hin auf blutigen Sandalen
und bin der Sklave meiner alten Qualen,
mir wachsen Nägel aus den Wundenmalen,
und die Minuten pressen mich ans Kreuz.

So leb ich, ewig sterbend, meines Heuts
maßlose Reue. Krank und lang entkräftet,
da in der Kirche Kälte festgeheftet,
dort in dem Prunk profaner Jahrmarktsbuden;
ohnmächtig heut und doch gebetumschmachtet,
ohnmächtig morgen und dabei verachtet,

ohnmächtig ewig in der Sonnenhelle
des Kreuzwegs wie im Frieren der Kapelle.
So treib ich wie ein welkes Blatt umher.
Kennst du die Sage von dem Ewigen Juden?
Ich selbst bin jener alte Ahasver,
der täglich stirbt um täglich neu zu leben;
mein Sehnen ist ein nächtig-weites Meer,
ich kann ihm Marken nicht noch Morgen geben.
Das ist die Rache derer, die verdarben
an meinem Wort. Die opfernd für mich starben,
sie drängen hinter mir in weiten Reihn.
Horch! Ihre Schritte! – Horch! Ihr kreischend Schrein
....

Doch eine große Rache nenn ich mein:
Ich weiß, bei jedem neuen Herbste warben
die Menschen um den Saft, den feuerfarben
die roten Reben ihrer Freude leihn.
Mein Blut fließt ewig aus den Nagelnarben,
und alle glauben es: mein Blut ist Wein,
und trinken Gift und Glut in sich hinein ...

Mich hielt das fürchterliche Prophezein
in bangem Bann. Aus hilfloser Hypnose
riß mich die Menge, die vorüberschwamm.
Ein Schwarm trat ein und fand sich mit Getose
bei jener ersten Gruppe just zusamm,
und vor mir hing der gelbe regungslose
Gekreuzigte in wächsner Jahrmarktspose
an seinem Stamm.

Werke III, 143-148

IN HERBSTLICHEN ALLEEN

DER JUNGE MANN:

Fühlst Du, meine klare, sanftbeklagte
schwarze Schwester, daß die Gärten gilben?
Und wir sagen uns dieselben Silben,
die, um welche uns der Frühling fragte.
Leiser aber. Wie zwei Totgesagte,
welche einsam aus dem Tag der Andern
durch den Abend alter Parke wandern,
schlank und unwahrscheinlich von Gestalt.
Pause
Und man möchte immer weiter gehn,
unter welken Welten, als ein leiser
Liebling dieser alternden Alleen.
Laß uns lange in die Sonne sehn.
Sie will sinken. – Einmal war ich Kaiser …
Aber alles Schicksal ist geschehn,
welches groß und farbig sich entfaltet;
alles ist zur Stille um-gestaltet.
Warum rufst Du mich und weißt nicht, *wen*?
Ich bin Einer, welcher nicht mehr *heißt*,
bin nicht der, von dem Du vieles weißt,
bin ein Fremder und ein Feind vielleicht …

DAS MÄDCHEN:

hülflos
Meine Stimme hat Dich *nie* erreicht!
So oft wir uns fanden
zu einsamer Feier,
weißt Du: wir banden
wie leuchtende Schleier
unsere langen Blicke zusammen,
und wir glitten an ihnen tief

hin, wo bei den wachsamen Flammen
unsere Sehnsucht saß und – schlief.

DER JUNGE MANN:
Glaubst Du, Schwester,
Sehnsucht in Dir
kann einmal *schlafen*?

DAS MÄDCHEN:
Fester als wir ...
Pause

DER JUNGE MANN:
Meine Sehnsucht war immer wach.
Tausendfach fühlte sie jede Freude,
die der Tag in das Land gelacht,
und in der Nacht
baute sie lauter weiße Gebäude.

DAS MÄDCHEN:
Wo?

DER JUNGE MANN:
Wir werden sie nicht mehr sehn ...

DAS MÄDCHEN:
Was macht uns blind?

DER JUNGE MANN:
fortfahrend
Viele verlassene Städte stehn,
viele vergessene Gärten vergehn
mitten im Wind ...

DAS MÄDCHEN:
Wie Du das sagst. Man muß traurig sein.
Und Du, bist Du selber traurig?

DER JUNGE MANN:
Nein.
Nur leis.
Man muß nicht immer so oder so sein.

Vielleicht ist Traurigsein reiferes Frohsein, –
wer weiß?
Vielleicht, daß wir allem unrecht tun,
was uns umgibt.
Wie dürften wir ruhn,
eh uns Alles liebt.

DAS MÄDCHEN:

Aber denk nur: wir waren doch froh …

DER JUNGE MANN:

Wir waren so
wie die Kinder sind, die spielen,
bis man sie schlafen schickt.
Wir haben uns manchmal angeblickt
wie Kinder, die zu ungewohnter Stunde wachen:
Eingetrocknetes Lachen
auf müdem Munde.
Augen, die nichtmehr schauen,
Augen aus Glas,
offengehalten von irgendwas.
Fühlst Du kein Grauen?
Pause
Verzeih mir. Es wird ja nichtmehr so sein.
Du bist wieder Dein. Ich bin wieder mein.
Und jedes ist anders als zuvor.

DAS MÄDCHEN:

Ich glaube: wer Liebe verlor,
hat Liebe niemals erworben. –
Wo gehst Du jetzt hin?

DER JUNGE MANN:

Von Sinn zu Sinn.
Meine Sterne sind ja nicht gestorben,
Schwester.
Ich glaube fester an sie als je.

Nur weiß ich: Wunder und Weh
kommen von anderswo.
Es ist alles nicht so,
wie man meint:
Man weint sich nicht in ein Leid hinein
und lacht sich nicht in ein Seligsein
und wärmt sich an keiner Verwandtschaft.
Und was Du schaust
und erbaust,
liebst und verstehst:
ist alles Landschaft,
durch die Du gehst.

Werke III, 394-397

ERNSTE STUNDE

Wer jetzt weint irgendwo in der Welt,
ohne Grund weint in der Welt,
weint über mich.

Wer jetzt lacht irgendwo in der Nacht,
ohne Grund lacht in der Nacht,
lacht mich aus.

Wer jetzt geht irgendwo in der Welt,
ohne Grund geht in der Welt,
geht zu mir.

Wer jetzt stirbt irgendwo in der Welt,
ohne Grund stirbt in der Welt:
sieht mich an.

Werke I, 405 f.

Seitdem habe ich viel über die Todesfurcht nachgedacht, nicht ohne gewisse eigene Erfahrungen dabei zu berücksichtigen. Ich glaube, ich kann wohl sagen, ich habe sie gefühlt. Sie überfiel mich in der vollen Stadt, mitten unter den Leuten, oft ganz ohne Grund. Oft allerdings häuften sich die Ursachen; wenn zum Beispiel jemand auf einer Bank verging und alle standen herum und sahen ihm zu, und er war schon über das Fürchten hinaus: dann hatte ich seine Furcht. Oder in Neapel damals: da saß diese junge Person mir gegenüber in der Elektrischen Bahn und starb. Erst sah es wie eine Ohnmacht aus, wir fuhren sogar noch eine Weile. Aber dann war kein Zweifel, daß wir stehenbleiben mußten. Und hinter uns standen die Wagen und stauten sich, als ginge es in dieser Richtung nie mehr weiter. Das blasse, dicke Mädchen hätte so, angelehnt an ihre Nachbarin, ruhig sterben können. Aber ihre Mutter gab das nicht zu. Sie bereitete ihr alle möglichen Schwierigkeiten. Sie brachte ihre Kleider in Unordnung und goß ihr etwas in den Mund, der nichts mehr behielt. Sie verrieb auf ihrer Stirn eine Flüssigkeit, die jemand gebracht hatte, und wenn die Augen dann ein wenig verrollten, so begann sie an ihr zu rütteln, damit der Blick wieder nach vorne käme. Sie schrie in diese Augen hinein, die nicht hörten, sie zerrte und zog das Ganze wie eine Puppe hin und her, und schließlich holte sie aus und schlug mit aller Kraft in das dicke Gesicht, damit es nicht stürbe. Damals fürchtete ich mich.

Aber ich fürchtete mich auch schon früher. Zum Beispiel, als mein Hund starb. Derselbe, der mich ein- für allemal beschuldigte. Er war sehr krank. Ich kniete bei ihm schon den ganzen Tag, da plötzlich bellte er auf, ruckweise und kurz, wie er zu tun pflegte, wenn ein Fremder ins Zimmer trat. Ein solches Bellen war für diesen Fall zwischen uns gleichsam verabredet worden, und ich sah unwillkürlich nach der Tür. Aber es war schon in ihm. Beunruhigt suchte ich seinen Blick, und auch er suchte den meinen; aber nicht um Abschied zu nehmen. Er sah mich hart und befremdet an. Er warf mir vor, daß ich es hereingelassen hatte. Er war überzeugt, ich hätte es hindern können. Nun zeigte es sich, daß er mich immer überschätzt hatte. Und es war keine Zeit mehr, ihn aufzuklären. Er sah mich befremdet und einsam an, bis es zu Ende war.

Oder ich fürchtete mich, wenn im Herbst nach den ersten Nachtfrösten die Fliegen in die Stuben kamen und sich noch einmal in der Wärme erholten. Sie waren merkwürdig vertrocknet und erschraken bei ihrem eigenen Summen; man konnte sehen, daß sie nicht mehr recht wußten, was sie taten. Sie saßen stundenlang da und ließen sich gehen, bis es ihnen einfiel, daß sie noch lebten; dann warfen sie sich blindlings irgendwohin und begriffen nicht, was sie dort sollten, und man hörte sie weiterhin niederfallen und drüben und anderswo. Und endlich krochen sie überall und bestarben langsam das ganze Zimmer.

Werke VI (Malte Laurids Brigge), 859 f.

ORPHEUS. EURYDIKE. HERMES

Das war der Seelen wunderliches Bergwerk.
Wie stille Silbererze gingen sie
als Adern durch sein Dunkel. Zwischen Wurzeln
entsprang das Blut, das fortgeht zu den Menschen,
und schwer wie Porphyr sah es aus im Dunkel.
Sonst war nichts Rotes.

Felsen waren da
und wesenlose Wälder. Brücken über Leeres
und jener große graue blinde Teich,
der über seinem fernen Grunde hing
wie Regenhimmel über einer Landschaft.
Und zwischen Wiesen, sanft und voller Langmut,
erschien des einen Weges blasser Streifen,
wie eine lange Bleiche hingelegt.

Und dieses einen Weges kamen sie.

Voran der schlanke Mann im blauen Mantel,
der stumm und ungeduldig vor sich aussah.
Ohne zu kauen fraß sein Schritt den Weg
in großen Bissen; seine Hände hingen
schwer und verschlossen aus dem Fall der Falten
und wußten nicht mehr von der leichten Leier,
die in die Linke eingewachsen war
wie Rosenranken in den Ast des Ölbaums.
Und seine Sinne waren wie entzweit:
indes der Blick ihm wie ein Hund vorauslief,
umkehrte, kam und immer wieder weit
und wartend an der nächsten Wendung stand, –
blieb sein Gehör wie ein Geruch zurück.
Manchmal erschien es ihm als reichte es
bis an das Gehen jener beiden andern,
die folgen sollten diesen ganzen Aufstieg.
Dann wieder wars nur seines Steigens Nachklang
und seines Mantels Wind was hinter ihm war.
Er aber sagte sich, sie kämen doch;
sagte es laut und hörte sich verhallen.
Sie kämen doch, nur wärens zwei
die furchtbar leise gingen. Dürfte er

sich einmal wenden (wäre das Zurückschaun
nicht die Zersetzung dieses ganzen Werkes,
das erst vollbracht wird), müßte er sie sehen,
die beiden Leisen, die ihm schweigend nachgehn:

Den Gott des Ganges und der weiten Botschaft,
die Reisehaube über hellen Augen,
den schlanken Stab hertragend vor dem Leibe
und flügelschlagend an den Fußgelenken;
und seiner linken Hand gegeben: *sie*.

Die So-geliebte, daß aus einer Leier
mehr Klage kam als je aus Klagefrauen;
daß eine Welt aus Klage ward, in der
alles noch einmal da war: Wald und Tal
und Weg und Ortschaft, Feld und Fluß und Tier;
und daß um diese Klage-Welt, ganz so
wie um die andre Erde, eine Sonne
und ein gestirnter stiller Himmel ging,
ein Klage-Himmel mit entstellten Sternen –:
Diese So-geliebte.

Sie aber ging an jenes Gottes Hand,
den Schritt beschränkt von langen Leichenbändern,
unsicher, sanft und ohne Ungeduld.
Sie war in sich, wie Eine hoher Hoffnung,
und dachte nicht des Mannes, der voranging,
und nicht des Weges, der ins Leben aufstieg.
Sie war in sich. Und ihr Gestorbensein
erfüllte sie wie Fülle.
Wie eine Frucht von Süßigkeit und Dunkel,
so war sie voll von ihrem großen Tode,
der also neu war, daß sie nichts begriff.

Sie war in einem neuen Mädchentum
und unberührbar; ihr Geschlecht war zu
wie eine junge Blume gegen Abend,
und ihre Hände waren der Vermählung
so sehr entwöhnt, daß selbst des leichten Gottes
unendlich leise, leitende Berührung
sie kränkte wie zu sehr Vertraulichkeit.

Sie war schon nicht mehr diese blonde Frau,
die in des Dichters Liedern manchmal anklang,
nicht mehr des breiten Bettes Duft und Eiland
und jenes Mannes Eigentum nicht mehr.

Sie war schon aufgelöst wie langes Haar
und hingegeben wie gefallner Regen
und ausgeteilt wie hundertfacher Vorrat.

Sie war schon Wurzel.

Und als plötzlich jäh
der Gott sie anhielt und mit Schmerz im Ausruf
die Worte sprach: Er hat sich umgewendet –,
begriff sie nichts und sagte leise: *Wer?*

Fern aber, dunkel vor dem klaren Ausgang,
stand irgend jemand, dessen Angesicht
nicht zu erkennen war. Er stand und sah,
wie auf dem Streifen eines Wiesenpfades
mit trauervollem Blick der Gott der Botschaft
sich schweigend wandte, der Gestalt zu folgen,
die schon zurückging dieses selben Weges,
den Schritt beschränkt von langen Leichenbändern,
unsicher, sanft und ohne Ungeduld.

Werke I, 542-545

... wenn doch die Leute ein wenig Lust zum Unbegrenzten hätten; wenn *das* Liebe heißen soll, dieses Bestehen auf einander, dieses nicht wieder Loslassen, nicht mal der Erscheinung, so bin ich lieb-los, vom Grunde meines Herzens: meine ganze Freude zu den Strömungen und Verwandlungen stürbe in mir ab, wenn ich denken, glauben, befürchten müßte, jemanden in diesem Sinne, d. h. so, wie ich ihn hier zu sehen und zu fassen meinte, wiederzusehen: da erst wäre mein ganzes Herz widerlegt, wo ich begriffe, daß mir dies, dieses Nachsitzen vor einem schlecht Gelernten, in irgend einem fatalen Jenseits vorbereitet sei. Und anderen, wie vielen und wie fühlenden Herzen, ists die Hoffnung und Stärke ihres Lebens!

Wunderly I (2. 6. 1921), 474

DIE ZWEITE DUINESER ELEGIE

Jeder Engel ist schrecklich. Und dennoch, weh mir,
ansing ich euch, fast tödliche Vögel der Seele,
wissend um euch. Wohin sind die Tage Tobiae,
da der Strahlendsten einer stand an der einfachen Haustür,
zur Reise ein wenig verkleidet und schon nicht mehr
furchtbar;
(Jüngling dem Jüngling, wie er neugierig hinaussah).
Träte der Erzengel jetzt, der gefährliche, hinter den Sternen
eines Schrittes nur nieder und herwärts: hochauf-
schlagend erschlüg uns das eigene Herz. Wer seid ihr?

Frühe Geglückte, ihr Verwöhnten der Schöpfung,
Höhenzüge, morgenrötliche Grate
aller Erschaffung, – Pollen der blühenden Gottheit,
Gelenke des Lichtes, Gänge, Treppen, Throne,

Räume aus Wesen, Schilde aus Wonne, Tumulte
stürmisch entzückten Gefühls und plötzlich, einzeln,
Spiegel: die die entströmte eigene Schönheit
wiederschöpfen zurück in das eigene Antlitz.

Denn wir, wo wir fühlen, verflüchtigen; ach wir
atmen uns aus und dahin; von Holzglut zu Holzglut
geben wir schwächern Geruch. Da sagt uns wohl einer:
ja, du gehst mir ins Blut, dieses Zimmer, der Frühling
füllt sich mit dir ... Was hilfts, er kann uns nicht halten,
wir schwinden in ihm und um ihn. Und jene, die schön sind,
o wer hält sie zurück? Unaufhörlich steht Anschein
auf in ihrem Gesicht und geht fort. Wie Tau von dem Frühgras
hebt sich das Unsre von uns, wie die Hitze von einem
heißen Gericht. O Lächeln, wohin? O Aufschaun:
neue, warme, entgehende Welle des Herzens –;
weh mir: wir *sinds* doch. Schmeckt denn der Weltraum,
in den wir uns lösen, nach uns? Fangen die Engel
wirklich nur Ihriges auf, ihnen Entströmtes,
oder ist manchmal, wie aus Versehen, ein wenig
unseres Wesens dabei? Sind wir in ihre
Züge soviel nur gemischt wie das Vage in die Gesichter
schwangerer Frauen? Sie merken es nicht in dem Wirbel
ihrer Rückkehr zu sich. (Wie sollten sie's merken.)

Liebende könnten, verstünden sie's, in der Nachtluft
wunderlich reden. Denn es scheint, daß uns alles
verheimlicht. Siehe, die Bäume *sind*; die Häuser,
die wir bewohnen, bestehn noch. Wir nur
ziehen allem vorbei wie ein luftiger Austausch.
Und alles ist einig, uns zu verschweigen, halb als
Schande vielleicht und halb als unsägliche Hoffnung.

Liebende, euch, ihr in einander Genügten,
frag ich nach uns. Ihr greift euch. Habt ihr Beweise?
Seht, mir geschiehts, daß meine Hände einander
inne werden oder daß mein gebrauchtes
Gesicht in ihnen sich schont. Das giebt mir ein wenig
Empfindung. Doch wer wagte darum schon zu *sein*?
Ihr aber, die ihr im Entzücken des anderen
zunehmt, bis er euch überwältigt
anfleht: nicht *mehr* –; die ihr unter den Händen
euch reichlicher werdet wie Traubenjahre;
die ihr manchmal vergeht, nur weil der andre
ganz überhand nimmt: euch frag ich nach uns. Ich weiß,
ihr berührt euch so selig, weil die Liebkosung verhält,
weil die Stelle nicht schwindet, die ihr, Zärtliche,
zudeckt; weil ihr darunter das reine
Dauern verspürt. So versprecht ihr euch Ewigkeit fast
von der Umarmung. Und doch, wenn ihr der ersten
Blicke Schrecken besteht und die Sehnsucht am Fenster,
und den ersten gemeinsamen Gang, *ein* Mal durch
den Garten:
Liebende, *seid* ihrs dann noch? Wenn ihr einer
dem andern
euch an den Mund hebt und ansetzt –: Getränk
an Getränk:
o wie entgeht dann der Trinkende seltsam der Handlung.

Erstaunte euch nicht auf attischen Stelen die Vorsicht
menschlicher Geste? war nicht Liebe und Abschied
so leicht auf die Schultern gelegt, als wär es aus anderm
Stoffe gemacht als bei uns? Gedenkt euch der Hände,
wie sie drucklos beruhen, obwohl in den Torsen
die Kraft steht.
Diese Beherrschten wußten damit: so weit sind wirs,

dieses ist unser, uns so zu berühren; stärker
stemmen die Götter uns an. Doch dies ist Sache der Götter.

Fänden auch wir ein reines, verhaltenes, schmales
Menschliches, einen unseren Streifen Fruchtlands
zwischen Strom und Gestein. Denn das eigene Herz
übersteigt uns
noch immer wie jene. Und wir können ihm nicht mehr
nachschaun in Bilder, die es besänftigen, noch in
göttliche Körper, in denen es größer sich mäßigt.

Werke I, 689-692

ZUEIGNUNG AN M . . . .

Geschrieben am 6. und 8. November 1923
(als Arbeits-Anfang eines neuen Winters auf Muzot)

Schaukel des Herzens. O sichere, an welchem unsichtbaren
Aste befestigt. Wer, wer gab dir den Stoß,
daß du mit mir bis ins Laub schwangst.
Wie nahe war ich den Früchten, köstlichen. Aber nicht
Bleiben
ist im Schwunge der Sinn. Nur das Nahesein, nur
am immer zu Hohen plötzlich das mögliche
Nahsein. Nachbarschaften und dann
von unaufhaltsam erschwungener Stelle
– wieder verlorner schon – der neue, der Ausblick.
Und jetzt: die befohlene Umkehr
zurück und hinüber hinaus in des Gleichgewichts Arme.
Unten, dazwischen, das Zögern, der irdische Zwang,
der Durchgang
durch die Wende der Schwere –, vorbei: und es spannt sich
die Schleuder,

von der Neugier des Herzens beschwert,
in das andere Gegenteil aufwärts.
Wieder wie anders, wie neu! Wie sie sich beide beneiden
an den Enden des Seils, diese Hälften der Lust.

Oder: wag ich es: Viertel? – Und rechne, weil er
sich weigert,
jenen, den Halbkreis hinzu, der die Schaukel verstößt?
Nicht ertäusch ich mir ihn, als meiner hiesigen
Schwünge
Spiegel. Errat nichts. Er sei
einmal neuer. Aber von Endpunkt zu Endpunkt
meines gewagtesten Schwungs nehm ich ihn schon
in Besitz:
Überflüsse aus mir stürzen dorthin und erfülln ihn,
spannen ihn fast. Und mein eigener Abschied,
wenn die werfende Kraft an ihm abbricht,
macht ihn mir eigens vertraut.

Werke II, 254 f.

NICHT JAUCHZEN, NICHT KLAGEN

Jauchze nicht, mein Herz, wenn flüchtig
dich berührt des Glückes Hauch …
Alles Irdische ist nichtig
Und die Freude ist es auch.

Klage nicht, mein Herz, wenn quälend
dich ein wildes Weh umfing –
Sieh, vorüber geht das Elend,
wie das Glück vorüber ging!

Trage beides! Denn vorüber
Geht die Freude, geht das Leid, –
Kämpfe mutig dich hinüber
In den Schooß der Ewigkeit.

Werke III, 419

Ausgesetzt auf den Bergen des Herzens. Siehe, wie klein dort,
siehe: die letzte Ortschaft der Worte, und höher,
aber wie klein auch, noch ein letztes
Gehöft von Gefühl. Erkennst du's?
Ausgesetzt auf den Bergen des Herzens. Steingrund
unter den Händen. Hier blüht wohl
einiges auf; aus stummem Absturz
blüht ein unwissendes Kraut singend hervor.
Aber der Wissende? Ach, der zu wissen begann
und schweigt nun, ausgesetzt auf den Bergen des Herzens.
Da geht wohl, heilen Bewußtseins,
manches umher, manches gesicherte Bergtier,
wechselt und weilt. Und der große geborgene Vogel
kreist um den Gipfel reine Verweigerung. – Aber
ungeborgen, hier auf den Bergen des Herzens ...

Werke II, 94 f.

Reiten, reiten, reiten, durch den Tag, durch die Nacht, durch den Tag.

Reiten, reiten, reiten.

Und der Mut ist so müde geworden und die Sehnsucht so groß. Es gibt keine Berge mehr, kaum einen Baum. Nichts wagt aufzustehen. Fremde Hütten hocken durstig an versumpften Brunnen. Nirgends ein Turm. Und immer das gleiche Bild. Man hat zwei Augen zuviel. Nur in der Nacht manchmal glaubt man den Weg zu kennen. Vielleicht kehren wir nächtens immer wieder das Stück zurück, das wir in der fremden Sonne mühsam gewonnen haben? Es kann sein. Die Sonne ist schwer, wie bei uns tief im Sommer. Aber wir haben im Sommer Abschied genommen. Die Kleider der Frauen leuchteten lang aus dem Grün. Und nun reiten wir lang. Es muß also Herbst sein. Wenigstens dort, wo traurige Frauen von uns wissen.

Der von Langenau rückt im Sattel und sagt. »Herr Marquis ...«

Sein Nachbar, der kleine feine Franzose, hat erst drei Tage lang gesprochen und gelacht. Jetzt weiß er nichts mehr. Er ist wie ein Kind, das schlafen möchte. Staub bleibt auf seinem feinen weißen Spitzenkragen liegen; er merkt es nicht. Er wird langsam welk in seinem samtenen Sattel.

Aber der von Langenau lächelt und sagt: »Ihr habt seltsame Augen, Herr Marquis. Gewiß seht Ihr Eurer Mutter ähnlich –«

Da blüht der Kleine noch einmal auf und stäubt seinen Kragen ab und ist wie neu.

Jemand erzählt von seiner Mutter. Ein Deutscher offenbar. Laut und langsam setzt er seine Worte: Wie ein Mädchen, das Blumen bindet, nachdenklich Blume um Blume probt und noch nicht weiß, was aus dem Ganzen wird –: so fügt er seine Worte. Zu Lust? Zu Leide? Alle lauschen. Sogar das Spucken hört auf. Denn es sind lauter Herren, die wissen, was sich gehört. Und wer das Deutsche nicht kann in dem Haufen, der versteht es auf einmal, fühlt einzelne Worte: »Abends« … »Klein war …«

Da sind sie alle einander nah, diese Herren, die aus Frankreich kommen und aus Burgund, aus den Niederlanden, aus Kärntens Tälern, von den böhmischen Burgen und vom Kaiser Leopold. Denn was der Eine erzählt, das haben auch sie erfahren und gerade so. Als ob es nur *eine* Mutter gäbe …

So reitet man in den Abend hinein, in irgend einen Abend. Man schweigt wieder, aber man hat die lichten Worte mit. Da hebt der Marquis den Helm ab. Seine dunklen Haare sind weich und, wie er das Haupt senkt, dehnen sie sich frauenhaft auf seinem Nacken. Jetzt erkennt auch der von Langenau: Fern ragt etwas in den Glanz hinein, etwas Schlankes, Dunkles. Eine einsame Säule, halbverfallen. Und wie sie lange vorüber sind, später, fällt ihm ein, daß das eine Madonna war.

Wachtfeuer. Man sitzt rundumher und wartet. Wartet, daß einer singt. Aber man ist so müd. Das rote Licht ist schwer. Es liegt auf den staubigen Schuhn. Es kriecht bis an die Kniee, es schaut in die gefalteten Hände hinein. Es hat keine Flügel. Die Gesichter sind dunkel. Dennoch leuchten eine Weile die Augen des kleinen Franzosen mit eigenem Licht. Er hat eine kleine Rose geküßt, und nun darf sie weiterwelken an seiner Brust. Der von Langenau hat es gesehen, weil er nicht schlafen kann. Er denkt: Ich habe keine Rose, keine.

Dann singt er. Und das ist ein altes trauriges Lied, das zu Hause die Mädchen auf den Feldern singen, im Herbst, wenn die Ernten zu Ende gehen.

Werke I (Die Weise von Liebe und Tod des Cornets Christoph Rilke), 235-238

Einmal noch, Abelone, in den letzten Jahren fühlte ich und sah dich ein, unerwartet, nachdem ich lange nicht an dich gedacht hatte.

Das war in Venedig, im Herbst, in einem jener Salons, in denen Fremde sich vorübergehend um die Dame des Hauses versammeln, die fremd ist wie sie. Diese Leute stehen herum mit ihrer Tasse Tee und sind entzückt, sooft ein kundiger Nachbar sie kurz und verkappt nach der Tür dreht, um ihnen einen Namen zuzuflüstern, der venezianisch klingt. Sie sind auf die äußersten Namen gefaßt, nichts kann sie überraschen; denn so sparsam sie sonst auch im Erleben sein mögen, in dieser Stadt geben sie sich nonchalant den übertriebensten Möglichkeiten hin. In ihrem gewöhnlichen Dasein verwechseln sie beständig das Außerordentliche mit dem Verbotenen, so daß die Erwartung des Wunderbaren, die sie sich nun gestatten, als ein grober, ausschweifender Ausdruck in ihre Gesichter tritt. Was ihnen zu Hause nur momentan in Konzerten passiert oder wenn sie mit einem Roman allein sind, das tragen sie unter diesen schmeichelnden Verhältnissen als berechtigten Zustand zur Schau. Wie sie, ganz unvorbereitet, keine Gefahr begreifend, von den fast tödlichen Geständnissen der Musik sich anreizen lassen wie von körperlichen Indiskretionen, so überliefern sie sich, ohne die Existenz Venedigs im geringsten zu bewältigen, der lohnenden Ohnmacht der Gondeln. Nicht mehr neue Eheleute, die während der ganzen Reise nur gehässige Repliken für einander hatten, versinken in schweigsame Verträglichkeit; über den Mann kommt die angenehme Müdigkeit seiner Ideale, während sie sich jung fühlt und den trägen Einheimischen aufmunternd zunickt mit einem Lächeln, als hätte sie Zähne aus Zucker, die sich beständig auflösen. Und hört man hin, so ergiebt es sich, daß sie morgen reisen oder übermorgen oder Ende der Woche.

Da stand ich nun zwischen ihnen und freute mich, daß ich nicht reiste. In kurzem würde es kalt sein. Das weiche, opiatische Venedig ihrer Vorurteile und Bedürfnisse verschwindet mit diesen somnolenten Ausländern, und eines Morgens ist das andere da, das wirkliche, wache, bis zum Zerspringen spröde, durchaus nicht erträumte: das mitten im Nichts auf versenkten Wäldern gewollte, erzwungene und endlich so durch und durch vorhandene Venedig. Der abgehärtete, auf das Nötigste beschränkte Körper, durch den das nachtwache Arsenal das Blut seiner Arbeit trieb, und dieses Körpers penetranter, sich fortwährend erweiternder Geist, der stärker war als der Duft aromatischer Länder. Der suggestive Staat, der das Salz und Glas seiner Armut austauschte gegen die Schätze der Völker. Das schöne Gegengewicht der Welt, das bis in seine Zierate hinein voll latenter Energien steht, die sich immer feiner vernervten –: dieses Venedig.

Das Bewußtsein, daß ich es kannte, überkam mich unter allen diesen sich täuschenden Leuten mit so viel Widerspruch, daß ich aufsah, um mich irgendwie mitzuteilen. War es denkbar, daß in diesen Sälen nicht einer war, der unwillkürlich darauf wartete, über das Wesen dieser Umgebung aufgeklärt zu sein? Ein junger Mensch, der es sofort begriff, daß hier nicht ein Genuß aufgeschlagen war, sondern ein Beispiel des Willens, wie es nirgends anfordernder und strenger sich finden ließ? Ich ging umher, meine Wahrheit beunruhigte mich. Da sie mich hier unter so vielen ergriffen hatte, brachte sie den Wunsch mit, ausgesprochen, verteidigt, bewiesen zu sein. Die groteske Vorstellung entstand in mir, wie ich im nächsten Augenblick in die Hände klatschen würde aus Haß gegen das von allen zerredete Mißverständnis.

In dieser lächerlichen Stimmung bemerkte ich sie. Sie stand allein vor einem strahlenden Fenster und betrachtete mich; nicht eigentlich mit den Augen, die ernst und nachdenklich waren, sondern geradezu mit dem Mund, der den offenbar bösen Ausdruck meines Gesichtes ironisch nachahmte. Ich fühlte sofort die ungeduldige Spannung in meinen Zügen und nahm ein gelassenes Gesicht an, worauf ihr Mund natürlich wurde und hochmütig. Dann, nach kurzem Bedenken, lächelten wir einander gleichzeitig zu.

Sie erinnerte, wenn man will, an ein gewisses Jugendbildnis der schönen Benedicte von Qualen, die in Baggesens Leben eine Rolle spielt. Man konnte die dunkle Stille ihrer Augen nicht sehen ohne die klare Dunkelheit ihrer Stimme zu vermuten. Übrigens war die Flechtung ihres Haars und der Halsausschnitt ihres hellen Kleides so kopenhagisch, daß ich entschlossen war, sie dänisch anzureden.

Ich war aber noch nicht nahe genug, da schob sich von der andern Seite eine Strömung zu ihr hin; unsere gästeglückliche Gräfin selbst, in ihrer warmen, begeisterten Zerstreutheit, stürzte sich mit einer Menge Beistand über sie, um sie auf der Stelle zum Singen abzuführen. Ich war sicher, daß das junge Mädchen sich damit entschuldigen würde, daß niemand in der Gesellschaft Interesse haben könne, dänisch singen zu hören. Dies tat sie auch, sowie sie zu Worte kam. Das Gedränge um die lichte Gestalt herum wurde eifriger; jemand wußte, daß sie auch deutsch singe.

»Und italienisch«, ergänzte eine lachende Stimme mit boshafter Überzeugung. Ich wußte keine Ausrede, die ich ihr hätte wünschen können, aber ich zweifelte nicht, daß sie widerstehen würde. Schon breitete sich eine trockene Gekränktheit über die vom langen Lächeln abgespannten Gesichter der Überredenden aus, schon trat die gute Gräfin, um sich nichts zu vergeben, mitleidig und würdig einen Schritt ab, da, als es durchaus nicht mehr nötig war, gab sie nach. Ich fühlte, wie ich blaß wurde vor Enttäuschung; mein Blick füllte sich mit Vorwurf, aber ich wandte mich weg, es lohnte nicht, sie das sehn zu lassen. Sie aber machte sich von den andern los und war auf einmal neben mir. Ihr Kleid schien mich an, der blumige Geruch ihrer Wärme stand um mich.

»Ich will wirklich singen«, sagte sie auf dänisch meine Wange entlang, »nicht weil sie's verlangen, nicht zum Schein: weil ich jetzt singen muß.«

Aus ihren Worten brach dieselbe böse Unduldsamkeit, von welcher sie mich eben befreit hatte.

Ich folgte langsam der Gruppe, mit der sie sich entfernte. Aber an einer hohen Tür blieb ich zurück und ließ die Menschen sich verschieben und ordnen. Ich lehnte mich an das schwarzspiegelnde Türinnere und wartete. Jemand fragte mich, was sich vorbereite, ob man singen werde. Ich gab vor, es nicht zu wissen. Während ich log, sang sie schon.

Ich konnte sie nicht sehen. Es wurde allmählich Raum um eines jener italienischen Lieder, die die Fremden für sehr echt halten, weil sie von so deutlicher Übereinkunft sind. Sie, die es sang, glaubte nicht daran. Sie hob es mit Mühe hinauf, sie nahm es viel zu schwer. An dem Beifall vorne konnte man merken, wann es zu Ende war. Ich war traurig und beschämt. Es entstand einige Bewegung, und ich nahm mir vor, sowie jemand gehen würde, mich anzuschließen.

Aber da wurde es mit einemmal still. Eine Stille ergab sich, die eben noch niemand für möglich gehalten hätte; sie dauerte an, sie spannte sich, und jetzt erhob sich in ihr die Stimme. (Abelone, dachte ich. Abelone.) Diesmal war sie stark, voll und doch nicht schwer; aus einem Stück, ohne Bruch, ohne Naht. Es war ein unbekanntes deutsches Lied. Sie sang es merkwürdig einfach, wie etwas Notwendiges. Sie sang:

»Du, der ichs nicht sage, daß ich bei Nacht
weinend liege,
deren Wesen mich müde macht
wie eine Wiege.
Du, die mir nicht sagt, wenn sie wacht
meinetwillen:
wie, wenn wir diese Pracht
ohne zu stillen
in uns ertrügen?
(kurze Pause und zögernd):
Sieh dir die Liebenden an,
wenn erst das Bekennen begann,
wie bald sie lügen.«

Wieder die Stille. Gott weiß, wer sie machte. Dann rührten sich die Leute, stießen aneinander, entschuldigten sich, hüstelten. Schon wollten sie in ein allgemeines verwischendes Geräusch übergehen, da brach plötzlich die Stimme aus, entschlossen, breit und gedrängt:

»Du machst mich allein. Dich einzig kann ich vertauschen.
Eine Weile bist dus, dann wieder ist es das Rauschen,

oder es ist ein Duft ohne Rest.
Ach, in den Armen hab ich sie alle verloren,
du nur, du wirst immer wieder geboren:
weil ich niemals dich anhielt, halt ich dich fest.«

Niemand hatte es erwartet. Alle standen gleichsam geduckt unter dieser Stimme. Und zum Schluß war eine solche Sicherheit in ihr, als ob sie seit Jahren gewußt hätte, daß sie in diesem Augenblick würde einzusetzen haben.

Werke VI, 931-936

Mir geht es oft so, daß ich mich frage, ob die Erfüllung eigentlich etwas mit Wünschen zu tun hat. Ja, solang der Wunsch schwach ist, ist er wie eine Hälfte und braucht das Erfülltwerden wie eine zweite Hälfte, um etwas Selbständiges zu sein. Aber Wünsche können so wunderbar zu etwas Ganzem, Vollem, Heilem auswachsen, das sich gar nicht mehr ergänzen läßt, das nur noch aus sich heraus zunimmt und sich formt und füllt. Manchmal könnte man meinen, dies gerade wäre die Ursache der Größe und Intensität eines Lebens gewesen, daß es sich mit zu großen Wünschen einließ, die von innen wie ein Ressort Aktion auf Aktion, Wirkung nach Wirkung ins Leben hinaus trieben, die kaum mehr wußten, worauf sie ursprünglich gespannt waren, und nur noch elementar, wie starkes, fallendes Wasser sich in Handlung und Herzlichkeit, in unmittelbares Dasein, in frohen Mut umsetzten, je nachdem das Geschehen und die Gelegenheit sie einschaltete.

Briefe I (Marietta Freiin von Nordeck, 14. 4. 1910), 284 f.

LIEBES-LIED

Wie soll ich meine Seele halten, daß
sie nicht an deine rührt? Wie soll ich sie
hinheben über dich zu andern Dingen?
Ach gerne möcht ich sie bei irgendwas
Verlorenem im Dunkel unterbringen
an einer fremden stillen Stelle, die
nicht weiterschwingt, wenn deine Tiefen schwingen.
Doch alles, was uns anrührt, dich und mich,
nimmt uns zusammen wie ein Bogenstrich,
der aus zwei Saiten *eine* Stimme zieht.
Auf welches Instrument sind wir gespannt?
Und welcher Geiger hat uns in der Hand?
O süßes Lied.

Werke I, 482

ZUM EINSCHLAFEN ZU SAGEN

Ich möchte jemanden einsingen,
bei jemandem sitzen und sein.
Ich möchte dich wiegen und kleinsingen
und begleiten schlafaus und schlafein.
Ich möchte der Einzige sein im Haus,
der wüßte: die Nacht war kalt.
Und möchte horchen herein und hinaus
in dich, in die Welt, in den Wald.
Die Uhren rufen sich schlagend an,
und man sieht der Zeit auf den Grund.
Und unten geht noch ein fremder Mann
und stört einen fremden Hund.
Dahinter wird Stille. Ich habe groß

die Augen auf dich gelegt;
und sie halten dich sanft und lassen dich los,
wenn ein Ding sich im Dunkel bewegt.

Werke I, 391

Ich ließ meinen Engel lange nicht los,
und er verarmte mir in den Armen
und wurde klein, und ich wurde groß:
und auf einmal war ich das Erbarmen,
und er eine zitternde Bitte bloß.

Da hab ich ihm seine Himmel gegeben, –
und er ließ mir das Nahe, daraus er entschwand;
er lernte das Schweben, ich lernte das Leben,
und wir haben langsam einander erkannt …

Werke I, 156

SPÄTHERBST IN VENEDIG

Nun treibt die Stadt schon nicht mehr wie ein Köder,
der alle aufgetauchten Tage fängt.
Die gläsernen Paläste klingen spröder
an deinen Blick. Und aus den Gärten hängt

der Sommer wie ein Haufen Marionetten
kopfüber, müde, umgebracht.
Aber vom Grund aus alten Waldskeletten
steigt Willen auf: als sollte über Nacht

der General des Meeres die Galeeren
verdoppeln in dem wachen Arsenal,
um schon die nächste Morgenluft zu teeren

mit einer Flotte, welche ruderschlagend
sich drängt und jäh, mit allen Flaggen tagend,
den großen Wind hat, strahlend und fatal.

Werke I, 609 f.

ENDE DES HERBSTES

Ich sehe seit einer Zeit,
wie alles sich verwandelt.
Etwas steht auf und handelt
und tötet und tut Leid.

Von Mal zu Mal sind all
die Gärten nicht dieselben;
von den gilbenden zu der gelben
langsamem Verfall:
wie war der Weg mir weit.

Jetzt bin ich bei den leeren
und schaue durch alle Alleen.
Fast bis zu den fernen Meeren
kann ich den ernsten schweren
verwehrenden Himmel sehn.

Werke I, 399 f.

Man wird mich schwer davon überzeugen, daß die Geschichte des verlorenen Sohnes nicht die Legende dessen ist, der nicht geliebt werden wollte. Da er ein Kind war, liebten ihn alle im Hause. Er wuchs heran, er wußte es nicht anders und gewöhnte sich in ihre Herzweiche, da er ein Kind war.

Aber als Knabe wollte er seine Gewohnheiten ablegen. Er hätte es nicht sagen können, aber wenn er draußen herumstrich den ganzen Tag und nicht einmal mehr die Hunde mithaben wollte, so wars, weil auch sie ihn liebten: weil in ihren Blicken Beobachtung war und Teilnahme, Erwartung und Besorgtheit; weil man auch vor ihnen nichts tun konnte, ohne zu freuen oder zu kränken. Was er aber damals meinte, das war die innige Indifferenz seines Herzens, die ihn manchmal früh in den Feldern mit solcher Reinheit ergriff, daß er zu laufen begann, um nicht Zeit und Atem zu haben, mehr zu sein als ein leichter Moment, in dem der Morgen zum Bewußtsein kommt.

Das Geheimnis seines noch nie gewesenen Lebens breitete sich vor ihm aus. Unwillkürlich verließ er den Fußpfad und lief weiter feldein, die Arme ausgestreckt, als könnte er in dieser Breite mehrere Richtungen auf einmal bewältigen. Und dann warf er sich irgendwo hinter eine Hecke, und niemand legte Wert auf ihn. Er schälte sich eine Flöte, er schleuderte einen Stein nach einem kleinen Raubtier, er neigte sich vor und zwang einen Käfer umzukehren: dies alles wurde kein Schicksal, und die Himmel gingen wie über Natur. Schließlich kam der Nachmittag mit lauter Einfällen; man war ein Bucanier auf der Insel Tortuga, und es lag keine Verpflichtung darin, es zu sein; man belagerte Campêche, man eroberte Vera-Cruz; es war möglich, das ganze Heer zu sein oder ein Anführer zu Pferd oder ein Schiff auf dem Meer: je nachdem man sich fühlte. Fiel es einem aber ein, hinzuknien, so war man rasch Deodat von Gozon und hatte den Drachen erlegt und vernahm, ganz heiß, daß dieses Heldentum hoffährtig war, ohne Gehorsam. Denn man ersparte sich nichts, was zur Sache gehörte. Soviel Einbildungen sich aber auch einstellten, zwischendurch war immer noch Zeit, nichts als ein

Vogel zu sein, ungewiß welcher. Nur daß der Heimweg dann kam.

Mein Gott, was war da alles abzulegen und zu vergessen; denn richtig vergessen, das war nötig; sonst verriet man sich, wenn sie drängten. Wie sehr man auch zögerte und sich umsah, schließlich kam doch der Giebel herauf. Das erste Fenster oben faßte einen ins Auge, es mochte wohl jemand dort stehen. Die Hunde, in denen die Erwartung den ganzen Tag angewachsen war, preschten durch die Büsche und trieben einen zusammen zu dem, den sie meinten. Und den Rest tat das Haus. Man mußte nur eintreten in seinen vollen Geruch, schon war das Meiste entschieden. Kleinigkeiten konnten sich noch ändern; im ganzen war man schon der, für den sie einen hier hielten; der, dem sie aus seiner kleinen Vergangenheit und ihren eigenen Wünschen längst ein Leben gemacht hatten; das gemeinsame Wesen, das Tag und Nacht unter der Suggestion ihrer Liebe stand, zwischen ihrer Hoffnung und ihrem Argwohn, vor ihrem Tadel oder Beifall.

So einem nützt es nichts, mit unsäglicher Vorsicht die Treppen zu steigen. Alle werden im Wohnzimmer sein, und die Türe muß nur gehn, so sehen sie hin. Er bleibt im Dunkel, er will ihre Fragen abwarten. Aber dann kommt das Ärgste. Sie nehmen ihn bei den Händen, sie ziehen ihn an den Tisch, und alle, soviel ihrer da sind, strecken sich neugierig vor die Lampe. Sie haben es gut, sie halten sich dunkel, und auf ihn allein fällt, mit dem Licht, alle Schande, ein Gesicht zu haben.

Wird er bleiben und das ungefähre Leben nachlügen, das sie ihm zuschreiben, und ihnen allen mit dem ganzen Gesicht ähnlich werden? Wird er sich teilen zwischen der zarten Wahrhaftigkeit seines Willens und dem plumpen Betrug, der sie ihm selber verdirbt? Wird er es aufgeben, *das* zu werden, was denen aus seiner Familie, die nur noch ein schwaches Herz haben, schaden könnte?

Nein, er wird fortgehen. Zum Beispiel während sie alle beschäftigt sind, ihm den Geburtstagstisch zu bestellen mit den schlecht erratenen Gegenständen, die wieder einmal alles ausgleichen sollen. Fortgehen für immer. Viel später erst wird ihm klar werden, wie sehr er sich damals vornahm, niemals zu lieben, um keinen in die entsetzliche Lage zu bringen, geliebt zu sein. Jahre hernach fällt es ihm ein und, wie andere Vorsätze, so ist auch dieser unmöglich gewesen. Denn er hat geliebt und wieder geliebt in seiner Einsamkeit; jedesmal mit Verschwendung seiner ganzen Natur und unter unsäglicher Angst um die Freiheit des andern. Langsam hat er gelernt, den geliebten Gegenstand mit den Strahlen seines Gefühls zu durchscheinen, statt ihn darin zu verzehren. Und er war verwöhnt von dem Entzücken, durch die immer transparentere Gestalt der Geliebten die Weiten zu erkennen, die sie seinem unendlichen Besitzenwollen auftat.

Wie konnte er dann nächtelang weinen vor Sehnsucht, selbst so durchleuchtet zu sein. Aber eine Geliebte, die nachgiebt, ist noch lang keine Liebende. O, trostlose Nächte, da er seine flutenden Gaben in Stücken wiederempfing, schwer von Vergänglichkeit. Wie gedachte er dann der Troubadours, die nichts mehr fürchteten als erhört zu sein. Alles erworbene und vermehrte Geld gab er dafür hin, dies nicht noch zu erfahren. Er kränkte sie mit seiner groben Bezahlung, von Tag zu Tag bang, sie könnten versuchen, auf seine Liebe einzugehen. Denn er hatte die Hoffnung nicht mehr, die Liebende zu erleben, die ihn durchbrach.

Selbst in der Zeit, da die Armut ihn täglich mit neuen Härten erschreckte, da sein Kopf das Lieblingsding des Elends war und ganz abgegriffen, da sich überall an seinem Leibe

Geschwüre aufschlugen wie Notaugen gegen die Schwärze der Heimsuchung, da ihm graute vor dem Unrat, auf dem man ihn verlassen hatte, weil er seinesgleichen war: selbst da noch, wenn er sich besann, war es sein größestes Entsetzen, erwidert worden zu sein. Was waren alle Finsternisse seither gegen die dichte Traurigkeit jener Umarmungen, in denen sich alles verlor. Wachte man nicht auf mit dem Gefühl, ohne Zukunft zu sein? Ging man nicht sinnlos umher ohne Anrecht auf alle Gefahr? Hatte man nicht hundertmal versprechen müssen, nicht zu sterben? Vielleicht war es der Eigensinn dieser argen Erinnerung, die sich von Wiederkunft zu Wiederkunft eine Stelle erhalten wollte, was sein Leben unter den Abfällen währen ließ. Schließlich fand man ihn wieder. Und erst dann, erst in den Hirtenjahren, beruhigte sich seine viele Vergangenheit.

Wer beschreibt, was ihm damals geschah? Welcher Dichter hat die Überredung, seiner damaligen Tage Länge zu vertragen mit der Kürze des Lebens? Welche Kunst ist weit genug, zugleich seine schmale, vermantelte Gestalt hervorzurufen und den ganzen Überraum seiner riesigen Nächte.

Das war die Zeit, die damit begann, daß er sich allgemein und anonym fühlte wie ein zögernd Genesender. Er liebte nicht, es sei denn, daß er es liebte, zu sein. Die niedrige Liebe seiner Schafe lag ihm nicht an; wie Licht, das durch Wolken fällt, zerstreute sie sich um ihn her und schimmerte sanft über den Wiesen. Auf der schuldlosen Spur ihres Hungers schritt er schweigend über die Weiden der Welt. Fremde sahen ihn auf der Akropolis, und vielleicht war er lange einer der Hirten in den Baux und sah die versteinerte Zeit das hohe Geschlecht überstehen, das mit allem Erringen von Sieben und Drei die sechzehn Strahlen seines Sterns nicht zu bezwingen vermochte. Oder soll ich ihn denken zu Orange, an das ländliche Triumphtor geruht? Soll ich ihn sehen im seelengewohnten Schatten der Allyscamps, wie sein Blick zwischen den Gräbern, die offen sind wie die Gräber Auferstandener, eine Libelle verfolgt?

Gleichviel. Ich seh mehr als ihn, ich sehe sein Dasein, das damals die lange Liebe zu Gott begann, die stille, ziellose Arbeit. Denn über ihn, der sich für immer hatte verhalten wollen, kam noch einmal das anwachsende Nichtanderskönnen seines Herzens. Und diesmal hoffte er auf Erhörung. Sein ganzes, im langen Alleinsein ahnend und unbeirrbar gewordenes Wesen versprach ihm, daß jener, den er jetzt meinte, zu lieben verstünde mit durchdringender, strahlender Liebe. Aber während er sich sehnte, endlich so meisterhaft geliebt zu sein, begriff sein an Fernen gewohntes Gefühl Gottes äußersten Abstand. Nächte kamen, da er meinte, sich auf ihn zuzuwerfen in den Raum; Stunden voller Entdeckung, in denen er sich stark genug fühlte, nach der Erde zu tauchen, um sie hinaufzureißen auf der Sturmflut seines Herzens. Er war wie einer, der eine herrliche Sprache hört und fiebernd sich vornimmt, in ihr zu dichten. Noch stand ihm die Bestürzung bevor, zu erfahren, wie schwer diese Sprache sei; er wollte es nicht glauben zuerst, daß ein langes Leben darüber hingehen könne, die ersten, kurzen Scheinsätze zu bilden, die ohne Sinn sind. Er stürzte sich ins Erlernen wie ein Läufer in die Wette; aber die Dichte dessen, was zu überwinden war, verlangsamte ihn. Es war nichts auszudenken, was demütigender sein konnte als diese Anfängerschaft. Er hatte den Stein der Weisen gefunden, und nun zwang man ihn, das rasch gemachte Gold seines Glücks unaufhörlich zu verwandeln in das klumpige Blei der Geduld. Er, der sich dem Raum angepaßt hatte, zog wie ein Wurm krumme Gänge ohne Ausgang und Richtung. Nun, da er so mühsam und kummervoll lieben lernte, wurde ihm gezeigt, wie nachlässig und gering bisher alle Liebe gewesen war, die er zu leisten vermeinte. Wie aus keiner etwas hatte werden können, weil er nicht begonnen hatte, an ihr Arbeit zu tun und sie zu verwirklichen.

In diesen Jahren gingen in ihm die großen Veränderungen vor. Er vergaß Gott beinah über der harten Arbeit, sich ihm zu nähern, und alles, was er mit der Zeit vielleicht bei ihm zu erreichen hoffte, war »sa patience de supporter une âme«. Die Zufälle des Schicksals, auf die die Menschen halten, waren schon längst von ihm abgefallen, aber nun verlor, selbst was an Lust und Schmerz notwendig war, den gewürzhaften Beigeschmack und wurde rein und nahrhaft für ihn. Aus den Wurzeln seines Seins entwickelte sich die feste, überwinternde Pflanze einer fruchtbaren Freudigkeit. Er ging ganz darin auf, zu bewältigen, was sein Binnenleben ausmachte, er wollte nichts überspringen, denn er zweifelte nicht, daß in alledem seine Liebe war und zunahm. Ja, seine innere Fassung ging so weit, daß er beschloß, das Wichtigste von dem, was er früher nicht hatte leisten können, was einfach nur durchwartet worden war, nachzuholen. Er dachte vor allem an die Kindheit, sie kam ihm, je ruhiger er sich besann, desto ungetaner vor; alle ihre Erinnerungen hatten das Vage von Ahnungen an sich, und daß sie als vergangen galten, machte sie nahezu zukünftig. Dies alles noch einmal und nun wirklich auf sich zu nehmen, war der Grund, weshalb der Entfremdete heimkehrte. Wir wissen nicht, ob er blieb; wir wissen nur, daß er wiederkam.

Die die Geschichte erzählt haben, versuchen es an dieser Stelle, uns an das Haus zu erinnern, wie es war; denn dort ist nur wenig Zeit vergangen, ein wenig gezählter Zeit, alle im Haus können sagen, wieviel. Die Hunde sind alt geworden, aber sie leben noch. Es wird berichtet, daß einer aufheulte. Eine Unterbrechung geht durch das ganze Tagwerk. Gesichter erscheinen an den Fenstern, gealterte und erwachsene Gesichter von rührender Ähnlichkeit. Und in einem ganz alten schlägt ganz plötzlich blaß das Erkennen durch. Das Erkennen? Wirklich nur das Erkennen? – Das Verzeihen. Das Verzeihen wovon? – Die Liebe. Mein Gott: die Liebe.

Er, der Erkannte, er hatte daran nicht mehr gedacht, beschäftigt wie er war: daß sie noch sein könne. Es ist begreiflich, daß von allem, was nun geschah, nur noch dies überliefert ward: seine Gebärde, die unerhörte Gebärde, die man nie vorher gesehen hatte; die Gebärde des Flehens, mit der er sich an ihre Füße warf, sie beschwörend, daß sie nicht liebten. Erschrocken und schwankend hoben sie ihn zu sich herauf. Sie legten sein Ungestüm nach ihrer Weise aus, indem sie verziehen. Es muß für ihn unbeschreiblich befreiend gewesen sein, daß ihn alle mißverstanden, trotz der verzweifelten Eindeutigkeit seiner Haltung. Wahrscheinlich konnte er bleiben. Denn er erkannte von Tag zu Tag mehr, daß die Liebe ihn nicht betraf, auf die sie so eitel waren und zu der sie einander heimlich ermunterten. Fast mußte er lächeln, wenn sie sich anstrengten, und es wurde klar, wie wenig sie ihn meinen konnten.

Was wußten sie, wer er war. Er war jetzt furchtbar schwer zu lieben, und er fühlte, daß nur Einer dazu imstande sei. Der aber wollte noch nicht.

Werke VI (Die Aufzeichnungen des Malte Laurids Brigge), 938-946

DER AUSZUG DES VERLORENEN SOHNES

Nun fortzugehn von alledem Verworrnen,
das unser ist und uns doch nicht gehört,
das, wie das Wasser in den alten Bornen,
uns zitternd spiegelt und das Bild zerstört;
von allem diesen, das sich wie mit Dornen
noch einmal an uns anhängt – fortzugehn
und Das und Den,
die man schon nicht mehr sah
(so täglich waren sie und so gewöhnlich),
auf einmal anzuschauen: sanft, versöhnlich
und wie an einem Anfang und von nah;
und ahnend einzusehn, wie unpersönlich,
wie über alle hin das Leid geschah,
von dem die Kindheit voll war bis zum Rand –:
Und dann doch fortzugehen, Hand aus Hand,
als ob man ein Geheiltes neu zerrisse,
und fortzugehn: wohin? Ins Ungewisse,
weit in ein unverwandtes warmes Land,
das hinter allem Handeln wie Kulisse
gleichgültig sein wird: Garten oder Wand;
und fortzugehn: warum? Aus Drang, aus Artung,
aus Ungeduld, aus dunkler Erwartung,
aus Unverständlichkeit und Unverstand:

Dies alles auf sich nehmen und vergebens
vielleicht Gehaltnes fallen lassen, um
allein zu sterben, wissend nicht warum –

Ist das der Eingang eines neuen Lebens?

Werke I, 491 f.

Nachwort

»Wer jetzt allein ist, wird es lange bleiben« – wer hat nicht schon einmal im September oder Oktober diese Worte aus Rilkes »Herbsttag« fast wie eine Drohung auf sich selbst und die eigene Zukunft bezogen? Erwartet man aber darum von einer Rilke-Anthologie zum Herbst vor allem melancholische, düstere Töne, so wird man bald überrascht werden. Denn Rainer Maria Rilke liebt und feiert den Herbst wie keine andere Jahreszeit. Dabei ist es gerade das Umstürzlerische, was ihn für dessen Wehen und Wandeln einnimmt. So begeistert er sich mit bemerkenswert revolutionärem Unterton dafür, wie dieser »mit seinem Willen zur Verwandlung ... das viel zu fertige, viel zu befriedigte, schließlich fast bürgerlich-behagliche Bild des Sommers zerstört«.

Oberster »Umgestalter« ist dabei der Sturm, dem Rilke viele Verse und Briefzeilen widmete. Vom ersten großen Herbststurm erwartet er sich fast therapeutische Wirkungen einer inneren Befreiung als Vorbereitung auf noch unbekannte, neue Aufgaben. Und so betrachtete er mit Zustimmung das Anwachsen der Kräfte am Himmel und deren Wirkungen auf die Natur. Dabei unterscheidet er im Schauen zwischen Bäumen, die ihre Blätter im Sturm »halten, so fest sie können«, und solchen, welche ihr Laub »ausstreuen ... Blatt für Blatt«, zwischen Blättern die noch an den Ästen sitzen – »es fehlte ihnen der Entschluß abzufallen« – und jenen, die fallen »mit verneinender Gebärde«.

Entschluß zu fassen ist ein Anspruch des Herbstes, den Rilke auch für sich selbst ganz natürlich verspürt. So schreibt er Ende August 1906 an Mathilde Vollmoeller: »im Park ist es kühl und herbstlich, und bald kommt die

Nothwendigkeit zu neuem Entschluß –.« Rilkes Texte zum Herbst bejahen Abschied und Neubeginn in der Natur, aber auch in der Liebe und im Schaffen. Läßt man sich darauf ein, dann erweisen sich manche herbstlichen Verse, die zunächst düster und bedrohlich wirken, als Beistand und Ermutigung. So endet das bereits zitierte Gedicht über die verneinend fallenden Blätter mit einem beruhigenden »*und doch*«: »Und doch ist einer welcher dieses Fallen unendlich sanft in seinen Händen hält«. Und wenn Rilke im XII. Sonett an Orpheus (S. 50) den in sommerlicher Behaglichkeit zu träge Eingerichteten mahnt: »Wehe –: abwesender Hammer holt aus«, dann soll dieser Damokles-Hammer auch weniger drohen als aufmuntern zum Wandel:

Wolle die Wandlung. O sei für die Flamme begeistert,
drin sich ein Ding dir entzieht, das mit Verwandlungen
prunkt;
jener entwerfende Geist, welcher das Irdische meistert,
liebt in dem Schwung der Figur nichts wie den wendenden
Punkt.

Diese Botschaft mag auch als Motto für den vorliegenden Band verstanden werden – vielleicht als Summe dieser Rilkeschen »Gebrauchsanweisung für den Herbst«.

Thilo von Pape

Verwendete Ausgaben mit Kurztiteln

Andreas-Salomé · Rainer Maria Rilke – Lou Andreas-Salomé: Briefwechsel. Herausgegeben von Ernst Pfeiffer. Frankfurt am Main 1975

Briefe I, II · Rainer Maria Rilke: Briefe. Herausgegeben vom Rilke-Archiv in Weimar; in Verbindung mit Ruth Sieber-Rilke besorgt durch Karl Altheim. Wiesbaden 1950

Briefe 1902-1906 · Rainer Maria Rilke: Briefe aus den Jahren 1902 bis 1906. Herausgegeben von Ruth Sieber-Rilke und Carl Sieber. Leipzig 1929

Heydt · Rainer Maria Rilke: Die Briefe an Karl und Elisabeth von der Heydt. 1905-1922. Herausgegeben von Ingeborg Schnack und Renate Scharffenberg. Frankfurt am Main 1986

Key · Rainer Maria Rilke – Ellen Key: Briefwechsel. Herausgegeben von Theodore Fiedler. Frankfurt am Main und Leipzig 1993

A. Kippenberg I, II · Rainer Maria Rilke: Briefwechsel mit Anton Kippenberg. 1906-1926. Herausgegeben von Ingeborg Schnack und Renate Scharffenberg. Frankfurt am Main 1995

K. Kippenberg · Rainer Maria Rilke – Katharina Kippenberg: Briefwechsel. Herausgegeben von Bettina von Bomhard. Wiesbaden 1954

Modersohn-Becker · Paula Modersohn-Becker: Briefwechsel mit Rainer Maria Rilke. Mit Bildern von Paula Modersohn-Becker. Herausgegeben von Rainer Stamm. Frankfurt am Main und Leipzig 2003

Nádherný · Rainer Maria Rilke: Briefe an Sidonie Nádherný von Borutin. Herausgegeben von Bernhard Blume. Frankfurt am Main 1973

Schweizer Freunde · Rainer Maria Rilke: Briefe an Schweizer Freunde. Erweiterte und kommentierte Ausgabe. Herausgegeben von Rätus Luck. Frankfurt am Main und Leipzig 1994

Tagebücher · Rainer Maria Rilke: Tagebücher aus der Frühzeit [1942]. Herausgegeben von Ruth Sieber-Rilke und Carl Sieber. Frankfurt am Main 1973

Taxis I, II · Rainer Maria Rilke – Marie von Thurn und Taxis: Briefwechsel. Herausgegeben von Ernst Zinn. Wiesbaden und Zürich 1951

Vollmoeller · Rainer Maria Rilke – Mathilde Vollmoeller: Briefwechsel. Herausgegeben von Barbara Glauert-Hesse. Frankfurt am Main und Leipzig 2005

Werke I, II, III, IV, V, VI: · Rainer Maria Rilke: Sämtliche Werke. Herausgegeben von Ernst Zinn. Bände 1-6, Wiesbaden, später Frankfurt am Main 1955-1966

Wunderly I, II · Rainer Maria Rilke: Briefe an Nanny Wunderly-Volkart. Herausgegeben von Rätus Luck. Frankfurt am Main 1977

Die arabischen Ziffern am Ende der Stellenangaben im Text geben die Seitenzahlen an.

Rainer Maria Rilke
im Insel Verlag
Eine Auswahl

Werke. Kommentierte Ausgabe in vier Bänden und einem Supplementband. Herausgegeben von Manfred Engel, Ulrich Fülleborn, Horst Nalewski, August Stahl. 4940 Seiten. Leinen; Supplementband herausgegeben von Manfred Engel und Dorothea Lauterbach

Gesammelte Werke in fünf Bänden. Herausgegeben und mit Nachworten versehen von Manfred Engel, Ulrich Fülleborn, Horst Nalewski und August Stahl. 1568 Seiten

Einzelausgaben

Ausgesetzt auf den Bergen des Herzens. Gedichte aus den Jahren 1906 bis 1926. it 98. 206 Seiten

Das Buch der Bilder. it 26. 117 Seiten

Duineser Elegien. Die Sonette an Orpheus. it 80. 89 Seiten

Erste Gedichte. Larenopfer. Traumgekrönt. Advent. it 1090. 167 Seiten

Frühe Gedichte. it 878. 117 Seiten

Die Gedichte in einem Band. Leinen und it 2246. 1132 Seiten

Gedichte. Aus den Jahren 1902 bis 1917. Taschenbuchausgabe der 1931 als Privatdruck erschienenen Edition der Handschrift R. M. Rilkes. Illustriert von Max Slevogt. it 701. 236 Seiten

NF 10/1/2.05

Das Stunden-Buch. Enthaltend die drei Bücher: Vom mönchischen Leben. Von der Pilgerschaft. Von der Armut und vom Tode. Pappband und it 2. 119 Seiten

Die Aufzeichnungen des Malte Laurids Brigge. Leinen, it 630 und it 2565. 230 Seiten

Die Erzählungen. it 1717. 434 Seiten

Geschichten vom lieben Gott. Illustrationen von E. R. Weiß. it 43. 109 Seiten

Die Letzten. Im Gespräch. Der Liebende. it 935. 76 Seiten

Zwei Prager Geschichten. Und ›Ein Prager Künstler‹. Mit Illustrationen von Emil Orlik. Herausgegeben von Josef Mühlberger. it 235. 149 Seiten

Auguste Rodin. Mit 96 Abbildungen. it 766. 143 Seiten

Briefe über Cézanne. Herausgegeben von Clara Rilke. Besorgt und mit einem Nachwort versehen von Heinrich Wiegand Petzet. Mit siebzehn farbigen Abbildungen. it 672. 140 Seiten

Worpswede. Fritz Mackensen. Otto Modersohn. Fritz Overbeck. Hans am Ende. Heinrich Vogeler. Mit zahlreichen Farbtafeln und Abbildungen im Text. it 1011. 236 Seiten

Über moderne Malerei. Herausgegeben von Martina Krießbach-Thomasberger. Mit zahlreichen farbigen Abbildungen. it 2546. 180 Seiten

Die Liebenden. Die Liebe der Magdalena. Portugiesische Briefe. Die Briefe der Marianna Alcoforado. Die vierundzwanzig Sonette der Louïze Labé. it 355. 94 Seiten. Als Großdruck it 2366. 126 Seiten

NF 10/2/2.05